U0058912

風球詩社十週年詩選集

自・由・時・代

曾魂 總編 / 廖亮羽 策劃

【推薦序】世界粗礪時我柔韌
——序《自由時代——風球詩社十週年詩選集》

白靈

　　詩是從日常語言逃逸的一種方式，有時也可視為想從制式重複的日常生活中尋求鬆脫束縛的一種態度或眼光。從詩的角度來看，一旦決心不被日常語言所綑綁，則語言這個國度根本是「無主之地」，要挖礦或植栽，悉聽尊便。

　　若是在語言的「無主之地」植下樹苗，那麼誰寫了詩，誰就好似為語言種下不與人相近的樹種，奇形怪形畸形無奇不有均有可能，但都打不準樹苗會長多大多高或活多長，也無法預知將來能否成蔭供人納涼。但無論如何，那生命之碑既是立下了，運氣好，說不定詩蔭成林；命運再舛，至少還有個腐朽的根留在那裡。寫詩多半是在生命的道路上，沿途為自己留下一系列腐根的過程。那又何妨？千秋萬世或高立殿堂的想法，應非寫詩人的初心。

　　在一切都容易被工具化的年代，至少藝術和詩保留了一點點純粹性，可以讓人為之而活、為之清理出一小塊屬於個人的乾淨的領土。尤其是詩，它的非功利性、非實用化、自由性、介於虛與實之間等的永不會改變的特質，使得它的「純粹力」幾乎具有一種「宇宙力」的能量。因此當風球的成員在個人簡介裡坦誠地說：「我有病。我從幻肢的羽毛裡爬梳出自己的真相，並且成為它，成為

空無一物」（邱學甫），「他發覺了一些事，現實世界
裡沒人來保護。在詩裡，於是他試著去義無反顧」（蕭宇
翔）、「在漫漫旅途中尋找，更接近『我』的可能」（張
蘊華）、「唯有真正理解有些人、事、物，是完全失去
了，惶惶然的心才能安穩地坐下，靜靜地寫一首詩」（周
駿安）、「在所有身邊的故事裡，都藏著一段詩句，像是
一顆星藏在浩渺的銀河，而發現它就是我的使命」（林淵
智／江豫）、「世界從來沒有教會我們如何去死，那就用
力地找吧，直到找到原因為止，所以我會繼續地創作，直
到擁有心臟為止」（林澄／林靖涵），他／她們說的是透
過詩的純粹性所具有的探勘力、透視力、發現力、和推動
力，當進入自身的磁場時所誘發出的可觀的自癒力、和彼此
互動的共鳴力道，那是一種多麼純粹的生命的自發力量。

　　風球詩社就是一個集合了眾多十六、七歲到三十歲
左右的年輕人，牢牢掌握住詩之純粹力的社團。難得的
是，他／她們竟能將之化為超能的行動力，十年之間使自
己成為台灣自有詩社以來，活動力最強、幅員最廣、成員
最多、最年輕、詩展辦得最頻繁最凶悍（上百個高中和大
學）、跨度力（跨媒介／跨地域／跨校區／跨網路／跨國
際）也最大的公開性社團，十年過去，很多的界域在廖亮
羽熱情到不行的主導及一大群年輕朋友的熱火鼎力支援
下，一一輕易跨過。上述這些讚語說得一點也不過火，他
／她們是一群把詩當作人與人之間的潤滑劑和感情的黏著
劑在生活的愛詩人，接觸面和彼此的「精神按摩」，使詩
更人間也要更庶民一些，更像詩經以前詩的民間性，即使

它大部分的活動領域都在不同的校園裡流竄。

　　而由這樣一個動態性社團所出版的十年詩選集，與其他詩社詩選極大的不同是，它並不是詩刊（不定期）的詩選，而是由經常性舉辦北中南東的社員讀詩會中的社員作品集，在社團龐大的行動力的背後，其實歷年以來有更多成員、更多的作品以詩展的方式立體呈現過，顯然這只是個抽樣而已。

　　這本詩選收了六十位作者的作品，女性占了三分之一強，這在以男性為主的一般詩選中已相當特殊。題材上雖然情詩不少，但也有不少具人生感思、環境關懷、時局批判、諷喻現實、具內省哲思、甚至有現代性實驗前衛的作品。比如廖亮羽的開卷詩〈無主之地〉，說的像是對藝術文學理想等欲以高溫的靈魂深度鑽探挖掘人生或人性礦脈的過程，雖然「只有不敢想像的天賦／才能接近那裡」，但畢竟是「無主之地」，有「心」仍能接近，最重要的是過程比結果重要。寫得迷離奇譎，甚有分析空間，相對地也鼓勵了後進面對詩或理想時應有的態度。

　　她的〈邪念之地〉像是為中東難民發聲，在毫無希望的國度成長，「未曾離鄉，你從小就被擄走／一個被他們綁架的孩子，像月球表面／毫無生機，在盜匪的慾望中成長／在首領的語言中習得欺詐」，沒有度過一天好日，直到「國家將背上的你丟下」，而不得不「讓良善離岸，載著最後的人／渡向腐爛的大陸，船底黏附水草／瘟疫、噩夢以及荒蕪的人性」，成為流離歐美、失了根的難民。此詩語言充滿了諷喻、批判和哀淒。強烈批諷中等於預示了

台灣目前所處的困境、也暗喻了未來的可能。但廖亮羽聰明地規避地了現實的政治指涉，只以火和小獸的意象和詩中人物的困窘，戲劇性地演出，使得詩的歧義更大，可解的範疇更廣。廖氏此二詩，等於為此詩選定了調，像是在說，寫詩的初衷無非皆「試著用簡單的文字去述說那些難以表達的情感，用最精煉的筆，去觸及同一時代人的心」（見戴世珏簡介）。

詩選中即使寫感情的詩都甚有創意，比如周駿安的〈鐵與感情〉：

> 鐵是否
> 是否像所有堅定的感情
> 需要時間，耐性
> 無數次磨合方才鎔鑄
>
> 所有感情是否
> 是否都帶有鐵的成份
> 因時間而容易生鏽

此詩不落俗套，以知性的鐵暗喻堅定的情感之不易得，卻在未來也有生鏽的可能，前半正寫，後半反寫，表達了人性的缺憾和時間無情的折損。

林秀婷（筆名神蕪）的〈之間〉一詩寫情更出以現代科學辭彙，呈現完全後現代的人際關係和情感連結方式：

將感官磨到一個原子的尖銳
試著掃描你的位置，甚至每一道關係

縮小自我的存在感
如果奔跑可以讓自己量子化
穿隧至遙遠的故鄉或更遙遠的你
也並非毫無可能

一道電子流可以打斷你我的連結
也能將你帶到我的身邊
而鍵結與否便是你的決定

真空下，我們的思想已經缺氧
凍結而瀕臨死亡

　　詩中「原子的尖銳」、「掃描」、「量子化」、「穿隧」、「電子流」、「鍵結」、「真空」、「缺氧」等大量物理和化學名詞同時擺在一首詩中，本身即有高難度。第二段使用的「穿隧」一詞，用的是量子力學中量子穿隧效應（Quantum tunnelling effect），本是指如電子等微觀粒子能夠穿入或穿越在古典力學裏不可能發生的量子行為，此處用以指出詩中的我可縮微至量子化，「穿隧」至遙遠的你的身邊。第三段以「電子流」指網路通訊快速，兩人要不要「鍵結」主動權在你，若全無訊息則宛如置身真空，將缺氧而趨向死亡，表現了自我委屈至極、求全而

無悔的態度。如此的情詩寫法，十足當下性，完全符合現今交友形式，新鮮、大膽、深具創意。

賴俊豪（峽鷗）則以散文詩形式寫情，可讀性甚高，別具特色，比如〈傷心菸民之歌〉的前四段：

「我們失去太多，因此把歲月交給天空。」她說。
以頹廢的臥姿。

許多時候我不解她的語意，直指心頭又脫離世界。
話音會先飄散在空氣裡，接著慢慢下墜。

「這城市已經沒有波西米亞了。在失去愛情的時代，我們再沒有四處流浪的理由了。」她模仿卡繆的側臉，除國籍和香水品牌以外所差無幾。
她總是流離之人。

我親吻乳房她的微塵揚起，飛入肺中。慎重地吸著她僅有的悲傷。我知道往後的日子裡，又更難再看見她了。

散文詩形式有別於分行詩，是更自由、可詩可散文可小說，是更浪漫自由的一種詩形（只可惜嘗試者少），與詩中強調的「波希米亞」一詞相呼應。此詞於詩中等同於愛情，象徵灑脫、自由、奔放、熱情，希望打破傳統的一種生活方式。但詩中兩人很像一夜情、或只有短暫性愛

交往的男女。詩的第二段說明互解之不易，第四段「慎重地吸著她僅有的悲傷」，有無法了解悲傷以外的心靈狀態的哀淒感。此詩後面猶有三段，說：「我親吻她迷幻的唇」、「她雙眼瞟向明天」、「菸絲裊裊，溢出凌晨四點的夜紫色天窗」，人的離去如同菸的消散般，無法捉摸。將情的失落、男女互動之不易，表現得甚為道地。

而詩選中對於年輕歲月依然有很多生活的感思和哲意的體悟，如下舉四例：

拉張凳子看夕陽
靜靜含著
不會生根
也不被嚥下
　　　　　　（〈早夭的戀人日記〉／王士堅）

狂放的回憶呼嘯而過
不屑多做停留。被召回的事物
總是以另一種方式現身
　　　　　　　　　　（〈索居〉／聶豪）

站在生命邊界，呼吸稀薄的風景
秒針晃動間，光陰縫隙
曾瞥見永恆開啟，而後合起
　　　　　　　（〈晚期風格四種〉／汪曉薔）

天秤開始了傾斜

所有人認為對的一邊

那邊好冷，連凍傷

都發炎成某種擴散的感傷

結一顆冰晶的淚

會被正義的眾人打碎

（〈一邊〉／蕭宇翔）

　　上述詩段均具奇思異想：夕陽可以靜靜含著，秒針晃動間能瞥見永恆開啟，回憶呼嘯而過把事物召回、會再以另一種方式現身，所有人認為對的那邊其實好冷，連淚凍的結晶也會被自以為正義的眾人打碎。文字無不清新可讀，具強烈的自省能量。

　　更難得的是，有不少詩作是關心除了自身以外的人事物，尤其是對弱勢族群處境危殆的同理心，展現了年輕人對政經社會環境的焦慮和關懷度。比如梁評貴的〈他在哪裡〉一詩的兩小段落：

樹木的長髮　　被推土機一併切齊飛去

土黃色的冰淇淋

變成一球融化的泥泉

夏天的舌頭

舔走了三、四個的部落

他本來不會在這裡的

小心地把呼吸伏在林間　獵槍瞄向山羌
「莫那，好的獵人懂得等待。」
扣下扳機　槍口餘煙響起
動土大典的聲音

　　此詩重複了五次「他本來不會在這裡的」，他所在之
處均非他該在之處。他，是原住民的代稱，土地已被破壞
殆盡，能用之地均遭侵占，如上舉二段，土石流舔走一個
個部落，連要打個獵，都會響起漢人蓋房子時「動土大典
的聲音」，幽默兼諷刺，是極佳的關懷弱勢族群的作品。
　　其他性質相近的作品如下列數首，舉其片段為例：

怪手敲碎一夜的流星
爺爺曾經指著比劃訴說的星空
老祖母哼著民謠小調
撫觸過的屋舍在靜坐後被撕扯
嗅聞市場的吆喝
索求蒸發無幾的蒼老腥味
　　　（〈失——記2016高雄果菜市場〉／范容瑛）

他們將大麥和稻穗煉成
金銀島，將農舍進階為
歐式莊園，夢幻的足以鎖國
自治，以排泄水做經濟
外交，灌溉虛擬的

開心農場，不須赤日與
汗水

我們被迫挨餓，尋一個未被研磨
成仙丹的殼，在M型的底部
生根，循著浮洲合宜住宅的裂縫
緩緩避開外漏的陰謀

（〈糧食自給率〉／洪冠諭）

這世界注定運轉的規則
滿佈悖德的槍管與失序的人心
親愛的Omran，請原諒我的怯懦無能
無從拭去你乾涸的臉孔上的灰撲，無從
將我內心的文明泉湧澆潤你無色的裂膚
親愛的Omran，世界的表層看似靜物如昔
卻仍有無數空洞的貪婪與仇恨
若我是你所思服寢寐的耶路撒冷
請讓我以病愛與救贖之名
以愛之名，為你褪盡傷痕
且用沒有戰火的回答擁你入懷

（〈生之靜物〉／蔡宗家）

死去的礁岩矗立水邊
除了留下戰地的照片
手機只是能刻字的墓碑

昨日在後，明日在前
我們卻僅有今日
懸於夕陽般的無形之線
海鳥眸中無名的邊界

（〈難民〉／施傑原）

　　四首中兩首寫本島，兩首筆端伸向海外，從不忍之心看待這世界，正是「用最精煉的筆，去觸及同一時代人的心」，這些詩觸及的關懷層面不正是令人揪心的景象？因此當寫詩人說：「詩便是我最柔韌的心」（曾偉軒）、「對自己的期許是能找出關於這個世界最溫柔的一面」（林淵智）、「凡能走心的作品，其作者所抒寫的必定是無限焦慮與悲傷驅使下的產物」（蔡宗家），當不只是自家身心靈狀態或親情友情愛情而已，既然吾人不能自外於世界，則豈能背對而不勇於面對，以柔韌對抗粗礪，世界粗礪時我柔韌，時時或偶爾將之置於筆端挫之踹之批之諷之嘆之哀之？

　　此外，在這本詩選中，個人主觀喜歡的作品至少還有：聶豪〈博弈〉、王士堅〈早夭的戀人日記〉、林海峰〈謝謝妳，終於毀掉我〉、林秀婷〈那湖的湖心沒有波紋〉、陳又慈〈練習相愛〉、曾偉軒〈恍〉、汪曉薔〈晚期風格四種〉、鄭哲宇〈出走〉、張雅薇〈X的一生〉、林澄〈我所知道的愛並沒有那麼豐盛〉、洪國恩〈只對你說〉、郭逸軒〈明顯已讀〉、林淵智〈深夜未眠〉、呂道詠〈放棄行走〉、邱學甫〈失眠〉〈夏天的盡頭是海〉、葉相君〈斯德哥爾摩症候群〉、曾貴麟〈貝阿提絲，我

中途過的那隻橙貓〉、賴俊豪〈欠妳一封情書〉〈唯讀信
件〉、陳日瑒〈我不要升級win10〉……等等，或全詩或
某個片段、或某幾句，當能觸動你的感受和想像時，這首
詩便值得珍惜了，或可提供愛詩人參酌。

　　一本詩社詩選的出版豈是易事？風球以「自由時代」
標稱此選集，說明了台灣是處在言論自由、行動自由的年
代，在詩的書寫領域裡是絕對的百無禁忌，網路及行動裝
置使十年來的風球衣裾飄飄，如遊走各地的一群後現代少
男少女俠客們，在手機上網路裡風中林中校園中詩壇上縱
跳自如，也將詩的跨領域能力發揮至極限，這本詩選不過
是他／她們偶然興起留下的一本遊俠手冊而已。若繼續發
展下去，當這些網路遊俠向更熟成的青壯年邁進時，當今
詩壇的眾將官們、守城人等，可都要當心了！

白靈

　　本名莊祖煌，1951年生，福建惠安人，現任台北科技
大學及東吳大學兼任副教授。年度詩選編委，曾任台灣詩
學季刊主編五年，作品曾獲中山文藝獎、國家文藝獎、
2011新詩金典獎等十餘項。創辦「詩的聲光」，推廣詩的
另類展演形式。著有詩集《昨日之肉》、《五行詩及其手
稿》、《愛與死的間隙》、《女人與玻璃的幾種關係》等
十一種，童詩集兩種，散文集《給夢一把梯子》等三種，
詩論集《一首詩的玩法》等六種。近年介入網路，建置個
人網頁「白靈文學船」、「乒乓詩」、「無臉男女之布演
台灣」等十二種（www.ntut.edu.tw/~thchuang/）。

【推薦序】以詩選瞄準未來詩史

杨宗翰

　　在紙本詩集出版愈趨容易、銷售發行卻愈趨困難的此刻，每欲印行一部詩選面市，我以為都要有跟詩史對話的雄心。否則以網路傳播之即時便捷，何需耗上砍樹造紙編排印刷裝訂寄送等一連串功夫，只為了滿足「一書在手，其樂無窮」的自我安慰？既然決定編印詩選，就是真的有話要說；特別是所謂同仁詩選，更不該只圖留個紀念，說給自己人聽。選擇相濡以沫、報團取暖是個人自由，但文學史的通行證從來就沒那麼容易取得，「團體票優待」更是一種毫無根據的幻想。

　　同仁詩選也不是沒有優點。至少第一其資料正確度相對詳實，第二其畢竟替詩社活動與詩刊創作留下刻痕，第三則是向詩史／文學史撰述者集中展示火力，避免被不經意移出討論視域。且容我分述如下：任一部詩選作為公開出版品，維持資料正確度當然是很基本的要求。非同仁性質的詩選，卻有可能因為主編或執編一時誤植漏列，致使全書出現不可挽救的瑕疵。就舉2017年出版的三部詩選為例：由方群、孟樊、須文蔚三位詩人學者主編的揚智版《現代新詩讀本》，是在既有的2004年初版基礎（以詩作誕生時間的編年體來呈現詩史演變）上，再增訂「新世紀台灣詩選」一輯而成。其中廖偉棠以〈窗前樹〉

一詩列入此輯，成了唯一一位入選的香港當代詩人。《現代新詩讀本》的各輯名稱，分別為：「五四」～一九四九年大陸詩選、一九二〇～四〇年代台灣日據時期詩選、一九五〇年代台灣詩選、一九六〇年代台灣詩選、一九七〇年代台灣詩選、一九八〇年代台灣詩選、一九九〇年代台灣詩選，以及這個新增的「新世紀台灣詩選」。本來的架構裡就沒有納入香港，此時方刻意加入一位，反倒顯得有些突兀——加上香港詩人後，要不要加上澳門？要不要加上「新南向」的新馬泰菲越？要不要過個太平洋，加上幾位北美詩人？就算只列香港，為何沒有崑南或也斯？另一部由張默、蕭蕭主編的九歌版《新詩三百首百年新編（1917~2017）》，是將1995年初版的《新詩三百首》重新分輯增補，無論新、舊版都是備受矚目的重要詩選集。不過全套三冊的百年新版，封底處赫然寫道：「域外篇從一九四九到二〇一七年，包含大陸、美加、菲律賓、泰國、馬來西亞、新加坡諸國等，有大陸的北島、顧城，香港的也斯、黃國彬，美加的藍菱、貝嶺，新加坡的王潤華、和權等，涵蓋全球華文新詩出現的山海天地，呈現遍地開花的風美景象」。「風美」顯然是「豐美」之誤，更離譜的是和權一直都住在菲律賓馬尼拉，何時從千島之國被派到了獅城？要說和權跟新加坡有何淵源，最多就是詩人的千金確實住在新加坡，但恐怕他還沒有從偶爾探親變為長期移居的打算吧？第三本2017年問世的詩選，是楊宗翰主編、允晨出版《淡江詩派的誕生》。這本詩選是全台第一本以「大學詩派」命名的出版品，內容結合了

歷屆淡江教師與校友的現代詩創作,書中最資深的洛夫(一九二八年生)跟最青春的曹馭博(一九九四年生)剛好差達六十六歲,恰與學校在淡水創辦扎根滿六十六年相符。也因為限制收錄對象為歷任教師及校友,故編選時尚未畢業的博士班田運良、碩士班洪崇德、大學部林佑霖只能成為遺珠之憾。即便如此,出版後才發覺校友部分至少還漏掉綠蒂、方明、紀少陵(陳旻志)、劉紋豪跟騷夏(黃千芳),終究未及向這幾位分屬不同世代、原來都曾在淡江讀書的詩人遞出邀稿函。

至於第二點,同仁詩選的功用之一,正是替詩社活動與詩刊創作留下刻痕。詩社不興登記立案、成員鬆散名單凌亂、各期刊物蒐集困難……在在都成為台灣現代詩社╱詩刊研究的障礙。詩選於此處的用途大矣,譬如「秋水詩社」走過四十年,其足跡便整理為《盈盈秋水》、《悠悠秋水》、《戀戀秋水》、《泱泱秋水》跟《浩浩秋水》五本選集;由林佛兒經營的林白出版社,1973年6月替「龍族詩社」印行的《龍族詩選》亦十分重要。最老牌的台灣四大現代詩社中,「創世紀」與「笠」一向善於以編輯詩選來自放祝壽煙火,也恰好比「現代詩」跟「藍星」兩家利於研究者辨識追索。

第三點所謂以詩選向詩史╱文學史撰述者集中展示火力,這對於從校園出發的大學詩社╱詩刊尤其重要。台灣戰後之校園詩社╱詩刊自有其傳統,也應該在台灣文學史上留下深淺不一的印記。唯這類詩刊有幸被「數位化處理」的機率甚低,稍一不慎便散佚不全,導致有許多大學

校園詩社／詩刊從未能夠進入台灣詩史／文學史撰述者的討論視域。眾多前輩詩人的青春史，藏在校園詩刊字裡行間及大學詩社活動記錄——就算它們只是台灣文學裡從下而上的「小歷史」（history from below, little history），一旦被發現，就不容成灰。始於東吳大學的「漢廣」、始於台中師專（今台中教育大學）的「後浪」、始於高雄師範學院（今高雄師範大學）的「風燈」……都還欠一部詩選，好重新建構起關於他們自身的「小歷史」。

　　以詩選建構這類「小歷史」，對於活躍了十年的「風球詩社」同樣重要。這群跨越了七年級（80後）到九年級（00後）的創作者，或者已是社會新鮮人，或者仍在博碩士、大學、高中階段學習，同仁人數加總起來超過兩百名。這次選了其中六十位同仁、每位自選1到4首詩作並附上個人簡介，遂有《風球詩社十週年詩選集》。就我的觀察，總覺得「風球」各項活動甚多但雜誌出刊不穩——或許他們的重心早移至各地讀詩會或全台巡迴詩展，紙本刊物的重要性自微不足道？這部詩選也是依北、中、南、東四地讀詩會來編排，可謂是他們與其他同仁詩選間顯著的不同。「風球」跟我在1994年籌辦的「植物園」一樣，屬於跨校性大學詩社，但他們後來成功向上（研究所及社會人士）及向下（高級中學）延伸，格局及氣象皆非「植物園」所能及。「風球」由華梵大學哲學所研究生廖亮羽串連8所大學、14位校園詩人共同創辦，其成立起因與2008年5月「大學校園巡迴詩展」有密切關係。彼時另一跨校性團體「然詩社」，也是從2008年9月《聯合文學》「全

國巡迴文藝營」後,同在新詩組的謝三進、蔡文哲、郭哲佑、余禮祥等人,希望能延續營隊中與同好一起討論詩的熱情,方才決定籌組創社。2010年我替秀威資訊的新品牌「釀出版」籌畫七年級金典三書,其中《台灣七年級新詩金典》便是邀請謝三進、廖亮羽兩位擔任主編,2011年2月出版後引起不少討論。書中選出的何俊穆、林達陽、廖宏霖、廖啟余、spaceman、羅毓嘉、崔舜華、蔣闊宇、郭哲佑、林禹瑄十位「七年級詩人」,後來的發展允為同世代中佼佼者,足證我當初堅持的「七年級選七年級」並沒有走錯方向。

　　時代是屬於他們的,喝采與期待則是我們可以做、也應該做的。「風球」雖然不能代表台灣七年級詩人全體,但其成立之初就是想做「新世代的風向球」,雖然他們承認;「我們的主張,就是沒有主張」(2009年3月《風球詩雜誌》第1期,總編輯林禹瑄執筆的發刊詞題目)。創刊號還提及風球「代表了颱風警報」、「我們希望這本刊物可以成為新世代的風向球,透過公開徵稿與匿名合議的評審制度、還有對外的邀稿和社員的作品,呈現出一個世代詩創作的風貌,同時也反應這個世代的詩觀」。忽忽十年已過,今日「風球」成員已從七年級創作者,延伸擴展到尚在高中就讀的九年級創作者,他們要如何打磨出屬於自己的詩觀?當「風球」從14位創辦人變成200位成員,所謂「風球詩人」間的「差異性」在哪?「風球詩人」間的「世代別」為何?「風球詩人」間誰才是真正的「強者」、「大物」?《風球詩社十週年詩選集》一書,應該

要能夠答覆這些問題。因為校園詩社無論再怎麼跨校，畢竟多屬情感集合體，是友誼團、舒適圈兼青春園。而強者在創作上是不必圍爐取暖的——因為他們自己就能生火，自己便在發光。

楊宗翰

　　1976年生於台北，現任教於淡江大學中文系。著有《異語：現代詩與文學史論》（秀威經典，2017）、《台灣新詩評論：歷史與轉型》（新銳文創，2012）、《台灣現代詩史：批判的閱讀》（巨流，2002）、《台灣文學的當代視野》（文津，2002）。主編：《交會的風雷：兩岸四地當代詩學論集》（允晨，2018）、《淡江詩派的誕生》（允晨，2017）、《血仍未凝：尹玲文學論集》（釀出版，2016）、《台灣文學史的省思》（富春，2002）、《文學經典與台灣文學》（富春，2002）。合編：《輕裝詩集》（辛鬱遺作，與封德屏合編，斑馬線文庫，2018）、《與歷史競走：台灣詩學季刊社25週年資料彙編》（與林于弘合編，秀威經典，2017）、《逾越：台灣跨界詩歌選》（與徐學合編，福州海風，2012）、《跨國界詩想：世華新詩評析》（與楊松年合編，唐山，2003）。另曾策劃「林燿德佚文選」、「菲律賓華文風」、「馬華文學獎大系」、「馬森文集」、「台灣七年級文學金典」等系列出版品。

【推薦序】如何捏塑詩的臉龐？

陳政彦

　　詩是否應該大眾化，寫得老嫗能解，流傳到膾炙人口；還是應該堅持菁英知識份子的驕傲，讓詩成為獨具天分的詩人們彼此心領神會的祕密。詩史上這種爭議反覆出現，幾乎伴隨著台灣戰後現代詩的發展一起成長。早在1957年，藍星詩社與現代詩社之間的現代詩論戰中就包含這個議題。八零年代席慕蓉詩集暢銷，詩壇圍繞此議題爆發了「席慕蓉論戰」。到了今日，2018年《遠見》雜誌上刊登〈台灣現代詩迎來「文藝復興」時代〉也惹來詩壇熱議，對於現代詩的菁英化與大眾化傾向，詩人們依舊各有表述、看法不同。

　　我們必須先了解，閱讀詩所得到的美感與愉快並沒有一套制式固定的標準，而是一種動態的平衡，必須是詩人所產出的詩作，能夠與讀者的能夠解讀詩作的基本能力，審美品味都達成一致，才能讓讀者領略詩的美感，享受讀詩的愉快。也因此，詩的讀者群體之品味越高，技巧高超思想深刻的詩人才會受到更多關注，相反地，詩的讀者們沒有受過好的訓練，品味通俗，所喜歡的詩自然淺白易讀為主。更有甚者，在一個功利拜金、不注重精神生活的社會裡，詩就沒有容身之處，必須讓位給電影、電視了。

　　所以，如何養成詩的讀者，才是上述爭議的根本關

鍵。但現代詩在台灣正規語文教育體系中始終都是不受重視聊備一格，根本不足以讓受教育的國民愛上現代詩。所幸，一代又一代台灣詩人不辭辛勞，大量投注心力在現代詩教育推廣的工作上。幾代人以來的努力，終於在台灣打造出一批喜歡現代詩、能欣賞現代詩的讀者群，進而在今日能支持各種詩活動，刷新詩集的銷售量，讓各種分享現代詩的網頁點閱追蹤率屢創新高。這才有前述遠見雜誌文章指出台灣現代詩的榮景。

之所以必須先從這段歷史分析說起，只因風球詩社正是那前仆後繼地投身現代詩推廣教育的光榮行列當中，最新最晚進的重要存在。

2008年，在PPT、BBS、無名小站等網路詩載體陸續退場，facebook、Instagram開始佔據人們生活的時代。以廖亮羽為中心，一批新生代詩人結成「風球詩社」。除了《風球詩刊》外，風球選擇以高中詩展、大學詩展作為全力推廣的常態活動，每年詩展參與的高中、大學動輒數十間。要知道長期支持這種活動需耗費的時間、金錢、精力都非常驚人，這種堅持對台灣詩壇來說特別有意義。

就大學這端來說，最早就是跨校結成的「風球詩社」，始終保持著大學詩社詩人為主要成員的傳統，來自不同學校的大學詩人，彼此聯誼找尋知音，同時也為艱鉅的詩展任務投注青春打造一閃即逝的文學火花。再從高中端來說，高中詩展提供了良好的觀摩，讓高中生跳脫課本規定的詩閱讀範圍，看到更貼近生活的優秀詩作，同時也吸引有志於詩的青年，加入風球詩社。這十年來，風球長

年堅持詩展所觸及的高中生大學生難以計數，在引領青年讀者對現代詩產生興趣這點來說居功厥偉。

他們的努力是無私的，這種聚焦現代詩扎根教育的活動，並不會直接為風球詩社本身帶來太多光環。高中大學詩展往往不是主流詩壇的焦點，被報紙雜誌關注的機會極少。而從詩人來看，風球引領進門的青年詩人們總會長大，畢業後，脫離了高中生大學生的身分，有自己的生活要奮鬥，難免慢慢離開風球，個人的文學聲譽也不必然轉換成風球的聲望。

但是風球仍然持續堅持，他們為青年詩人所投注的心力，正在為台灣詩壇養成了更多詩人，也養成了更多品味更好的讀者群。正如我們詳閱此集中的詩作，除了能讀到個人詩藝的光彩，也清楚看到台灣詩壇的未來。風球正默默捏塑未來台灣現代詩的臉龐，相信此一難得的努力將會給未來台灣現代詩帶來一副亮麗的模樣。

陳政彥

南投縣埔里鎮人。國立中央大學中文所碩士、博士。嘉義大學中文系副教授，台灣詩學學刊社務委員，《吹鼓吹詩論壇》主編，嘉大帆布鞋現代詩社指導老師。著有《戰後台灣現代詩論戰史研究》、《現代詩的現象學批評：理論與實踐》、《跨越時代的青春之歌：五、六〇年代台灣現代詩運動》《身體‧意識‧敘事：現代詩九家論》；與李瑞騰、林淑貞等人合著《南投縣文學發展史》上下兩冊。

【主編序】風向球：成為明日的氣象指標

曾貴麟

　　文學是一班太長的行旅，高中從家鄉到台北，追展覽、獨立書店與讀書會，買了旅票懵懂閱讀如毛線團的捷運圖，淡水出站等待夕陽，找到二樓的書店。至溫羅汀盲旅，被一間間書店的名字吸引，晶晶、女書店、波黑米亞、永樂座，走了進去，被玲瑯滿目的詩集名稱吸引，《間奏》、《那些我們名之為島的》、《羽林》、《回來》，前往詩集內部，那些創作者站在我的面前，七年級新生集團正在興起，八年級如我當時都還穿著高校制服，摸索體內發育的新聲線，豎起耳朵，踮起腳尖，參與他們舉辦的詩歌營、新書發表會、讀詩會。

　　當時PPT詩版、網頁詩的時代告一階段，許多青年創作者誕生，他們當時還是大學學生，組成風球的文學團體，從介面、筆名的殼中來到讀者的面前，領著更年輕的讀者，搭上文學的旅次，我們也跟著讀楊牧、羅智成、夏宇、楊澤，一個席次接著一個席次，由名字組成的隊伍。如果要說我對風球詩第一印象——是弧形、是圓，圓桌上的讀詩會，讀詩的唇，面挨著面繞成的圓，風球詩社的廖亮羽社長，幾乎不缺席北中南東四地的讀詩會。引領年輕創作者逐字逐句，講述詩的身世，輪到下一位創作者，耳畔有燒灼感，即使像我一般固守心房，也很難不被如此

真誠所感染，即使是初學、羞澀的字，也被平等地傾聽與
引導。

　　詩社經營層面來說，讀詩會是蹲馬步，習字如出拳，
一字一拳，一筆一畫，冥想想出字句，念出音律，組織段
落，寫與讀是互相影響的過程，風球詩社每個月舉辦讀詩
會，讀詩會是推動寫作的動能之一，提醒時時刻刻記得把
寫作放心中，定期定量的書寫，也同時兼顧閱讀，對創作
有愛的人，也必須付出同等耐心，聆聽他人的心血，屬於
雙向的活動。

　　風球詩社並非安於現狀的社團，編輯詩刊、詩歌譜
曲、跨界拍攝文學影像作品，也舉辦各類型的詩展，與藝
文咖啡廳合作，將詩作寫在玻璃窗，文學氣息與咖啡香氣
一同圍繞店內，詩展是詩作立體化過程，以空間為容量
的閱讀行為。主題詩展還包括節慶、主題類型，例如在
Somebody Cafe，舉辦母親節詩展與勇氣詩展，設主題限
制，激發創作整合成詩展，貼近生活層面。有次難忘的經
驗，詩社同學們一起到錄音室，用自己的腔調錄下詩作，
因為當時的書寫對象非常特別，主題為生命，寫給視障的
朋友們，或許紙頁無法在他們瞳孔成像，但詩中裹藏的情
感，會在每個讀者心中傳遞。

　　記得當時第一次接手詩展，與台北詩歌節合作，廣
列青年詩人群，閱讀歷年作品，挑選出有關「信件」主
題的詩作，詩作為抒情的表達媒介，將訴說對象明確的
標示出來，因為有這個無形的聆聽者，詩的柔軟更能體
現出來，以集郵冊為策展構想，加入牯嶺街書香市集的攤

位，架設立體閱讀面板，詩作看板準備一個信封，可以寫信給作者，工作人員幫忙郵寄，本來無法相見的讀者與作者，以文字看見彼此。為了更多的「看見」，也是風球詩社固定每學期舉辦高中詩展、大學詩展的原因，從教育環節之中，挖掘全國各地早慧的創作者，讓他們知道彼此，相互切磋，升學到大學階段，無論是否投入文學相關科系，仍記得讓詩流淌我們的生活，仍然不用放棄所信賴的文學——文字的瑰寶。跟廖亮羽社長開會，總會約在淡水的某家便利商店，避免聊到店家關門的窘境，每次她都會有新的創意，對我說，「走吧，我們把淡水的夏天，變成詩歌的節慶吧。」、「走吧，我們把詩歌變成一場遊樂會吧」，而後，促成了風球詩社詩歌營，融合元素：桌遊、獨立音樂、電影、地景文學，串聯成兩天一夜的文學遊藝會，詩社夥伴帶領著參與營隊的學員讀詩，晚上鋪睡袋躺在學校的圖書館，入睡前我們呢呢喃喃的、帶入夢境的，也都還是詩歌。

　　結合地方資源，與福爾摩沙國際詩歌節合作，在淡水河畔拉起詩的布條，夕陽之鎮瞬間染上詩的色澤，更將讀詩會拉到海上舉行，紅酒、海風、詩誦，搭著遊艇從傍晚潛行入夜，會場來了許多新進社員，擔任主持人的我一一介紹，看著手中青澀的詩與字，如浦島太郎從龍宮乍醒，高中時追隨文學的自己，已經橫渡整個青春期，完成研究所的學業了，仍然遠眺著敬仰的前輩詩人，後方有人悄悄跟上這漫長的路隊，有人離席，有人重返，有人躊躇，風向球在海上搖曳，那時刻有些魔幻，寫詩本身就是日常的

魔術，風球詩社給了文學青年一張船票，一張已逾十年的時效，不禁默默感謝文學的魔力尚未失效，另一方面，想知道搖搖晃晃的船身要去哪裡，海風掠奪說話的音量飄向哪裡，我們將會抵達何方。

曾貴麟

　　台灣宜蘭人。

　　曾任大學巡迴展總召、淡江大學微光詩社社長、創辦藝文誌《拾幾頁》、風球詩雜誌社主編。目前就讀東華華文研究所。

　　曾獲全國學生文學獎、蘭陽青年文學獎、後山文學獎、台北詩歌節《多元成詩》等獎項。

　　有詩文集《夢遊》，2015年策展攝影散文展《25時區》2018年預計出版詩集《人間動物園》。

【總編序】我們或終將在風中謀面

曾魂

　　日子行禮如儀，穿越時序的夜與霧，隱身淪跡再而潛回荒僻的抽屜。每次創作，也抵向最虛冷的穴，畫地為潮夢舊址，心識有所偏廢，亦或不諳撙節地燃燒。淺裂的遺緒如松果，眼睛是雪，成全一支火舞。加入詩社以後，仍是孤獨的磕絆，但在離開和折返的命途，總算多了知遇。總算在激烈的自我完成過後，彼此得以交換書籤，並非為了拊循那些疲累，而是為讀字的人填補想像。

　　應社長廖亮羽之邀，擔任這本詩選集的主編，兀自追憶在詩社的歷程。七年前，從香港赴高雄求學，馱負著緣自島嶼的文學記憶，總願擘劃出一幅詩的圖景，也心切於踱滿每個渴求字語的欲壑。如是，常常四處晃蕩，各具特色的獨立書店、咖啡館、展演空間等成為了駐腳之地。某趟聞悉風球詩社，一個全國跨校規模龐大的組織，如此使我訝異。當時，只覺較之香港藝文發展嚴峻的處境，台灣的文學生態存有龐沛的可能性。一切始於二零一一年十一月廿六日，那則傳予亮羽查詢加入詩社的訊息，猶如一塊不可或缺的拼圖。

　　而最初的聚攏，卻是到二零一三年十月的北部讀詩會。西門町的Somebody Cafe裡，寧謐祕靜，幾個人靠肩圍坐，桌子中央髣髴搭起隱喻的篝火。由總召楊祥瑜引

言領導，還有亮羽、林禹瑄、與我的朋友，各人依序讀詩，揣摩合宜的口吻與語調，試圖暖和紙上每個封存的字元，將對方或己身那個風乾迸裂的世界，寬柔地交託遞到。及後，我不定期出席各部讀詩會，直到二零一五年擔任南部讀詩會總召（猶記得是十月分，辦在高雄中正路的三餘書店），準備所需，演練主持小局的功課。當指涉不知所蹤，迷途的寓言，有時得到惕醒；能被挪移的意象，間或一起商量其座標；過於雜蕪的抒情，偶爾可以提煉淨化……執拗或遷就，認可或不被理解，感動或無動於衷，消解或重整──彼此的意和藝，在互換的流動過程中，延拓往遠方。

詩社行之有年的，不得不提全國大學和高中的巡迴詩展。每年主題各異，分別合作的學校不一，大多時候涵蓋範圍甚廣，且徵選各部社員和學校同學的詩作。一方面編製展出，一方面舉辦座談會，邀請前輩老師和詩社幹部，分享創作經驗和評點參展之作。我在大學的時候，協助活動執行，有一屆幫忙與母校接洽，期盼這股氣旋也得以捲進高雄師範大學。詩展縱然竟成，但在那次的經驗裡，方知面對經費、資源緊絀等狀況，要在學校推廣詩，諸般障礙委實筆楮難窮。文學倘若是渾然天成的氣流，詩社便為共同撥動的氣旋。畢力同心地，在青春的角落釋放潛熱，哪怕只有一個同學有所撼動。

至於自己有幸成為講者的第一次，是第十四屆全國大學巡迴詩展【詩眠指南】──高雄醫學大學詩展座談會。然而無以忘懷的是，前年的【沿岸之歌】，在高雄中學。

那段時間左腳因車禍骨折，我手拄枴杖，步履蹣跚，從台北趕到現場，當天有主講人白靈老師、主持人亮羽、講師施傑原。首次面向中學生，掂提創作的流光陰影。多數中學生尚且茫昧懵懂，在體制中不安躁動又亟欲自適的靈魂，宛如昔日自己。那麼，該如何揭櫫詩的感知呢？除了意識和語言的推尋，更重要的是，它怎麼讓人回到內在的光。

我確信，分享的意義正在於分享本身，內容也許不被記憶所誌，但將化作他們追尋本性的線索。詩人總是相對於主流的邊緣，沉溺和攀升，皆緊繫同一根繩索。分享詩的人和團體，正在於拿捏和丈量，之於不同面向的受眾。

或大或小的獻予和接受，完成與期待，是溫慰的往事。曾與社員們一起前往花蓮參與【太平洋詩歌節】，摩托車結隊同行，敘述海岸路的風紋和雨霧；自己出版第一本詩《剎那如何是神》，首場新書發表會辦在台北飛頁書餐廳，謹小慎微地訴說著隱匿於內在的覺知，大多數的聽眾正是社員們；在【淡水福爾摩莎國際詩歌節詩展】期間，目睹一整排印上國際與台灣詩人作品的橫布條，浩浩蕩蕩，驟成金色水岸的膚色；還有許多個活動前後的晝夜，跟詩社的指導老師、亮羽或幹部，談論更多詩的媒介……

漫漫十年，自由時代早已展開，一個詩社的熱帶氣旋訊號，宣告仍然生效。風球詩社十週年詩選集輯錄北、中、南和東部社員，合共一百二十首作品，涵融不同主題和風格之創造，無有標幟特定的美學典範。我想，如詩人瘂弦所言：「不管你寫什麼，點的或面的，局部的或全體

的，個人的或民族的，只要寫得好，都有社會意義。」這也許正是風球詩社的社會意義，推行著面貌多元的書寫、讀詩會、詩展、文藝營，甚或跨領域藝術結合的試驗。願風球持續懸掛，那股柔和卻勢猛的力量，尚且旋轉迴環。與詩素昧平生的人，與孤獨的詩人，我們或終將在風中謀面。

曾魂

　　本名曾思朗，一九九二年生於香港，畢業於國立高雄師範大學國文系，曾獲西子灣散文獎、兩度南風文學獎首獎。致力文學創作，並兼文案策劃、演講、其他創作等。現為自家文創品牌之策劃人，與【孤魂野神】文學沙龍系列之主講人。作品散見於詩刊和報紙副刊，以及各個網路發表平台。著有詩集《剎那如何是神》。

【社長序】自由時代，我們寫詩

廖亮羽

起源

　　2008那年我在哲學所就讀，那年也與一群寫詩的學生詩人創了風球詩社，最初我以為我會在哲學學院裡念書，接著取得博士學位，待在學院裡從事哲學工作，並且兼作我有興趣的幾個領域，直到終老。但人生總是充滿意外，在哲學研究所第三年時，我生了重病，開刀住院很長一段時日，醫生警告我未來不能太忙碌，只能在那時佔據我生命的好幾項事情中，選擇來做，其他的應該放棄，因為我的身體已經無法回到開刀前，也無法負荷那麼繁重的工作，可以常常好幾天不睡覺，沒日沒夜的做事。聽了醫生的囑咐，我考慮良久，因為我是在每個人生階段都有規劃的，當然在求學階段也有我的規劃，如今面臨到要改變人生的規劃，也就等於我未來的生命會有重大轉變。

　　但我仍需忍痛做出選擇，並放棄曾是我生命中極為重要的事，我思考良久，除了讓我經濟獨立自主的工作之外，我需在哲學學位與詩社事務中做個選擇，因為考博士學位寫博士論文以及辦詩社推廣詩，都是非常耗時又耗費心力的事。以醫生的角度來看，我是絕對不宜像開刀前再同時進行這兩件事的，我想到那些用盡青春、犧牲健康在

寫論文的學長學姊們，想到我隨時有可能舊疾復發而離開
這個世界，實在不想在未知的人生最後的時間，都耗在書
桌前寫論文，於是我放棄了修完哲學研究所的學位，繼續
進行風球詩社推廣詩的理想。

　　很多事以前會那麼想，以後就不會那麼想了，我以前
是很重視規劃的人，覺得一旦規劃好的事情，所有計畫中
的事都須按照計畫執行，少一個步驟都不行。後來我發現
不只是人生的計畫，即使是小到每學期的計畫，都可能有
意外發生，而讓原先的計畫發生變化，所以我越來越能調
適心情，適應各種人生中的意外。當我生了重病，需要改
變我以前取得哲學博士的計畫時，我為自己設了新的人生
規劃，想要一邊工作、旅行，一邊將風球詩社推廣詩的理
念，進行得更有目標更有效益，以十年為一個階段，來檢
視詩社推廣詩的成果。

詩社的組織

　　為了不讓我們辛苦創立的詩社，輕易的就倒社收攤或
是停止運作，讓大家耗盡的心血付諸流水，我觀察研究了
許多校園詩社以及前輩老師曾創立的詩社，持續運作下去
的詩社各有凝聚成員的核心主軸，也發現跨校詩社經營不
易，所以特別少見，於是我參考企業組織的架構，建立了
幾個詩社常態性的組織，舉辦一些詩活動，各個組織單位
跟活動都是為了推廣讀詩、推廣寫詩、推廣閱讀，包括詩
雜誌、大學詩展、高中詩展、文藝營、藝文空間講座、咖
啡館詩展……等。

　　然後視詩社同學的狀況，有多少人做多少事，有什麼人才做什麼事，不斷增減，不斷調整，不斷檢討，慢慢的讓詩社常態性組織活動與目標越來越清晰，步伐也就能越來越穩健。也因此詩社各組織舉辦的活動就能越來越具規模，活動內容越發成熟，越來越能普及接觸到更多大學生與高中生，也就能吸引越來越多的同學加入詩社。至今詩社有兩百多位同仁，三十多位幹部，在三年前我認為詩社已經進入理想狀態的顛峰，這是我們詩社最大的成果之一。

　　詩社的巔峰並不是指我們詩社有多少位社員，也不是我們的社員與活動遍及全台多少地方，而是我們的組織幹部進入良性循環，資深的幹部已經可以培養新進的新人，教導訓練他們擔任幹部，新人經過籌備活動的歷練，成為獨立熟練的幹部，一兩年後又能再培訓新人接任幹部。而我與資深的幹部，就不需時時都在培訓新人，都在教新人帶新人，可以把時間與精力放在詩社的其他事務，以及外界邀約的活動，這樣我們內部社務與外部活動都能有足夠的熟練幹部來負責，詩社的質感績效與活動的品質效益就能越來越提升，從而受到同仁與外界的肯定。

　　而每一個世代創立的詩社，都會是那一個時代詩人的理想，所以我們詩社也會有這一代與前輩老師的詩社許多不同的地方，就如每一個世代的老師創詩社時，特質也都會跟他們前輩的詩社不一樣，所以我也深覺我們應該要有這一代創新的特色，並能服務新一代詩社同學的不同需求，我們詩社才能走得長遠，否則還是會很快消失。因為

之前也沒有跨校跨全台的學生詩社可以參考，所以這一路
也是我不斷摸索經營詩社的實驗旅程，至於目前為止這個
實驗到底是成功或是失敗，因為過程太長太複雜，跨全台
辦活動推廣詩的學生詩社也前所未見，牽涉的面向影響太
廣，無從比較，還是只能留待給後人判斷。

進入校園舉辦大學詩展與高中詩展

截至今年底為止，我們已經在台灣持續不懈地舉辦
了十年的高中與大學詩展，配合學校一年上下兩個學期，
每學期一屆，一年兩屆。目前這個學期已經進行到第十九
屆，大學詩展與高中詩展已經進入台灣校園進行了四百多
場次的詩展與二百多場的詩人座談會。

在詩社成立一年後，有許多外界合辦活動的邀約，包
括藝文咖啡館、獨立書店等深入民眾的詩活動。此時我開
始想籌辦創社之前曾舉辦過的大學聯合詩展，那時共聯合
了十二所大學，也因此深入校園，認識了許多在各校園內
寫詩的學生詩人，有相當大的效果與實質互動回饋，例如
那時舉辦過的大學聯合詩展參展的學生詩人，我們就因此
詩展結識，而創立風球詩社。

雖然我們那時是大學生與研究生為主的詩社，但也有
許多高中老師的朋友詢問除了大學詩展，是否也有要辦高
中詩展。我那時從未想過擴大詩活動的範圍與訴求對象，
更沒想過為高中學生辦詩活動，主要是因為詩社裡都是大
學生，但不斷遇到詩友的詢問後，我想我可以在舉辦大學
詩展的同時，也試試舉辦第一屆的高中詩展，雖然那時心

裡反覆想著：「天啊，高中生年紀這麼小，會不會有代溝？他們看不看得懂我們的詩？他們聽不聽得懂我們談的新詩？他們會不會對詩有興趣？」總之那時打鴨子上架，懷著很忐忑的心情就開始籌辦。

為了順利舉行高中詩展，也想對高中文學活動的環境更進一步了解，所以我特地去拜訪台中的惠文高中蔡淇華老師，他是惠文高中的圖書館主任，常常舉辦文學活動，很熱情很有行動力。蔡老師聽到我們詩社想辦高中詩展，非常支持，也給我很多寶貴的建議，包括先以他們惠文高中常合辦活動的台中四所高中為主，邀請他們聯合舉辦第一屆的高中詩展，蔡老師也特別幫我聯絡各校，讓我能順利與他們接洽。在蔡淇華老師以及許多詩人老師的幫忙下，我們順利地舉行了第一屆的高中詩展，也順利的籌備了第二屆之後全國各地的高中詩展，慢慢地擴大詩展的地區與學校數量，也就能因此擴大高中詩展的影響力。

深入偏鄉高中與離島高中紮根

從第一屆高中詩展開始，順應各校舉辦座談會結合靜態詩展的形式，我們也因此開始進入高中校園，與高中生面對面接觸，邀請詩人老師與年輕詩人來到高中談詩談創作經驗。我也因為擔任座談會主持人的關係，能到各縣市的高中參訪，親自與高中的圖書館主任、老師、同學交流接觸，讓我能更深入了解高中的文學環境，以及許多有心的老師在推廣文學活動上的艱辛。籌辦詩展的過程一路很繁瑣艱難，但是來自舉辦詩展的現場座談會卻有最多的感

動，每一場的迴響都是最好的回饋，也因此奠基我們詩社在台灣各地培養詩種子的扎根基礎。

　　如今高中詩展走到第十年第十九屆，我們舉辦了數百場的詩展與數百場的座談會，因為深覺城鄉差距對偏鄉高中推廣文學的影響，我也特別注重規劃每屆的高中詩展的學校，以偏鄉高中與離島高中為優先，所以在第三年開始，我跟詩展團隊的同學提出將蘭嶼高中、澎湖馬公高中、馬祖高中、金門高中放入邀請參展的企劃，詩展團隊的同學都很年輕，大一的同學才十八歲，對於他們正在籌備的詩展中突破性的變化，總是充滿問號與遲疑，我總須擔任起推動並鼓勵他們的角色。

　　剛開始抱著試看看的想法，大家都不敢相信這些離島的高中會參展，因為對他們很陌生，沒想到企劃書寄出後，離島高中的老師回應都很熱烈，像是馬祖高中的圖書館主任，為了第一次參與高中巡迴詩展，多次與我在電話中討論，主任雖然不曾與台灣這邊合辦過詩展，但是很熱情積極，甚至申請機票的交通費與住宿費，要邀請台灣的詩人老師到馬祖高中舉行詩展座談會。我想這位老師也有許多對推廣文學的願景，只是有許多計畫在離島資源不足的情況下難以實現，我很開心能藉由舉辦詩展，能夠協助他們進行一些文學活動的推動，因為我們擁有的是他們欠缺的，例如知名的詩人老師講座，我們欠缺的，是他們擁有的，例如離島孩子寫的詩句，那不是台灣城市的孩子寫得出來的，都是無價瑰寶。

詩展座談會

每一場座談會的詩人老師與年輕詩人都具有極大的能量，每一場座談會的同學都是獨一無二的，在各場的座談會中最耀眼的都是參展的同學，最重要的是邀請高中同學作品參展，這些作品來自校園文學獎新詩作品，高中詩社作品，校刊社同學作品，或是國文科老師徵選的同學作品。讓這些已開始寫詩，並對新詩創作有興趣的同學能被看見、被認識、被肯定，讓這些同學有信心持續創作下去。詩展也宛如礦場，在創作上優秀、有天分的青少年同學就像礦層裡的寶石，我們藉由詩展，希望發掘出還未刨光的寶石，在高中詩展為未來詩壇發現新秀詩人。

所以在詩展座談會上讓詩人老師能看到參展同學作品，並看見他們在台上朗讀自己的作品，這是詩人老師認識這些文學詩種子最好的方法，前輩詩人給於同學們的作品建議及創作上的經驗傳承，對剛開始寫詩的同學都是一種肯定與鼓勵。詩展座談會常會出現特別的參展同學，曾有一位身障的同學推著輪椅前來會場，原來他在老師鼓勵下也寫了一首詩，那天也同樣邀他到台前讀他寫的詩，跟大家分享他寫這首詩的故事，看到詩人老師給他的作品評語與建議，我也看到這位同學的班上同學都給他最大的支持，他的老師滿是感動與驕傲，這是長期籌辦活動的我也感到內心震動的一刻。

長期舉辦多場的詩展座談會，許多是與我們合作默契絕佳的詩人，每位作家詩人都有絕佳的個人風采，讓我印

象最深刻的一場座談會,是當時我們詩社的推手嚴忠政老師,已經因為生病開刀休息好一陣子,我等到老師應該已經康復,再邀請老師前來,老師仍像以前一樣二話不說就應邀前來,後來我才知道,老師不久前又開了一次刀,剛痊癒就來座談會支持詩展,用詩人生命為高中同學談詩,讓我見到詩與人的光芒。

推廣詩的好盟友——圖書館主任、高中老師

到偏鄉的高中詩展則常遇到熱血的年輕老師,他們的學校可能為了彌補鄉下沒有補習班可以幫同學補習,而加長學生晚自習時間到晚上九點,所以學生與老師們相處的時間比跟家長還長,讓這些學校的師生感情都向家人一樣濃,學生與老師熟悉的像朋友也像兄弟,這是我看到最有趣也最溫馨的情誼。

歷經十年十九屆的詩展,能夠深入高中認識那麼多為推廣文學付出的老師,以及對文學創作燃起熱情的同學,每年能再重回辦過詩展的校園,與這些知己老師相聚,看到新的一批的創作幼苗,看到幼苗長成大樹,成為台灣優秀的年輕詩人,再回到母校與學弟學妹分享創作歷程,回首來時路,這些種種都是讓我繼續努力點燃文學火種的能量。

全台四區讀詩會

除了詩展的活動之外,對我們詩社最重要的常態活動就是讀詩會,因為是跨校詩社,詩社每個月在北部中部南

部東部舉辦讀詩會，希望能讓想學寫詩或想學習賞析評論詩的同學，能在詩藝上更上一層樓。詩社十年來最大的成果，並不是曾經舉辦了多少場的詩活動，也不是曾辦過多大型的文學活動，而是有一批批不曾寫詩或在青澀階段的同學，在加入詩社後，透過參加一場場的讀詩會，而開始鍛鍊寫詩，並一年年越來越進步，開始在詩刊副刊發表作品，甚至獲得文學獎、出版第一本詩集。

詩社這些90後與00後新生代的同學，目前在15歲至25歲左右，對於詩的投入與熱情，以及創作上的自我要求與規劃，都在他們的進步程度以及發表量文學獎呈現出來，這些新生代的風球社員正是詩社最大的成果，也是創社十年來詩社最豐碩的收穫，所以這次特別在12月社慶的台中文學館世代對談座談會向大家推薦詩社的優秀新生代詩人。

風球詩社十週年詩選集

在今年風球詩社創社滿十週年，由我擔任策劃，我們詩社詩人曾魂擔任總編，在秀威公司出版《風球詩社十週年詩選集——自由時代》，以見證我們詩社同學這幾年的成長，並讓外界了解我們十年交出的創作成績單，《風球詩社十週年詩選集》出版出來，代表我們風球詩社同學的創作想法，以及各異的詩風與多元的寫詩態度，也是要供大家更深入認識風球詩社詩人這幾年的創作努力。

每年都有優秀的風球詩社同學出版人生第一本詩集，我們風球創社的理想之一就是希望喜愛詩的同學結合詩社的力量，讓風球詩社同學能更為順利的發表作品，讓作品

被認識被肯定，並進一步幫忙同學出版詩集。從創社第二年開始風球就陸續有詩社的優秀同學出版詩集，之後每年都有幾位風球同學出版個人詩集，今年明年風球詩人中也有王信益《如果你在夜裡迷路了》、陳冠綸《島嶼》、蔡維哲《告白》、曾貴麟《人間動物園》、廖亮羽《時間領主》出版詩集，持續證明詩社同學旺盛的創作力。

長期舉辦詩展，即是希望詩展可以成為新世代詩人的伸展台，今年12月台中文學館的詩展，即是風球新生代詩人在《風球詩社十週年詩選集》的作品，呈現出一個新世代詩創作的風貌，同時也反應這個世代的詩觀。期待能夠提供一個文學的平台，讓所有用心寫詩的年輕創作者展出自己的作品，給他們鼓勵，給他們認同，給他們勇氣持續創作，讓他們繼續懷抱文學的熱情。

創作者的自由時代

身為創作者，作為一個詩人，能自由自在的寫詩，是最美好的事，這在2018年的台灣是理所當然的事，這也是詩能達到真正藝術境界最重要的條件，是詩人能成為真正藝術家最重要的環境。很美好的是我們現在可以毫無限制地寫詩、發表詩、評論詩，在網路上、在各種平台上想怎麼寫就怎麼寫，沒有絲毫束縛。在新詩主題上、在下筆時都能心無罣礙，無須在寫詩時內心就先有一個文字獄，在詩還未寫出來時，就需先自我思想檢查、自我閹割詩裡的內容文字。因為無拘無束的寫作環境，造就幾十年來台灣文學的新詩領域百花齊放輝煌燦爛的時代。

這個成果都是前人努力所得來的，前人這些努力除了在創作上，也在爭取創作的自由上，因為許多前人的犧牲奉獻，而得以為後代的我們爭取到這份創作的自由，讓後來的人迎來一個言論自由的時代，因為我們這一代出生在這種自由的環境，容易會對自由的珍貴渾然未覺，而自由又是對一個真正的詩人如同生命，所以這本《風球詩社十週年詩選集》主題定為自由時代，以紀念爭取言論自由的前人鄭南榕先生，向他當年創辦的黨外雜誌《自由時代》致敬，並以此提醒我們詩社的年輕詩人們自由時代的意義。

感謝

最後我要感謝我的恩師白靈老師，感謝老師帶給我大學時期新詩課的啟蒙，啟發我對新詩的興趣，並引領我舉辦文學活動推廣詩的熱情，這次風球十週年，老師還特別寫了五千字的序文贈與我們詩社，對於老師的支持鼓勵，我永遠感恩在心。還要特別感謝風球的推手，詩人嚴忠政老師十年前鼓勵我們創社，才有今天的風球詩社。也非常感謝長期支持我們的楊宗翰老師與陳政彥老師，為我們的《風球詩社十週年詩選集》寫了這麼美好的序。感謝這十年來支持我們鼓勵我們幫助我們的前輩老師、年輕詩人、文友、讀者，因為有你們，風球詩社才能順利達成十年的里程碑。

祝福

　　我常跟詩社同學說，如果你沒有跟詩社其他同學結為朋友，你跟這個詩社就走不長遠，如果詩社裡的同學們沒有互相成為朋友，這個詩社就走不長遠。很欣慰的是，可以看到我們詩社的許多同學因為風球詩社而成為好友，大家純真坦率的喜歡詩討論詩，毫不設防說說笑笑。我也因為這個詩社而與許多同學結為好友，甚至成為旅行的同伴，一起去法國英國日本上海世界各地旅行，也成為人生中互相支持的摯友知己，我希望常常可以跟祥瑜、維哲、羽希這些詩社好友，多來幾趟說走就走的世界之旅，再帶回旅行的故事趣事與詩社同學們分享，那是我在這個詩社最開心的事。

　　我們詩社的幹部們，都是長期與我一起籌備舉辦活動的好夥伴，建立了深厚的革命情感，這些為詩社、為了推廣詩而付出心血時間的同學，雖然都很年輕，有的甚至是只有十五六歲的高中生，但是他們都認真寫詩、盡責職務，都有一顆為了詩而燃燒的心，為這個世界建築的夢想。我要祝福他們、祝福詩社的每位同學：「你們正在做了不起的事，比許多大人還強大，你們未來也將會成為比這些大人還了不起的人。」

廖亮羽

　　花蓮人，真理大學台灣文學系，華梵大學哲學研究所，風球詩社社長，風球出版社發行人，全國大學巡迴詩

展策展人，全國高中巡迴詩展策展人。電影迷、旅行者、哲學人。

出版詩集：《時間領主》（2019斑馬線文庫出版）、《Dear L，我定然無法再是一隻被迫離開，又因你而折返的魚》、《羽林》、《魔法詩精靈族》。

主編：《台灣七年級新詩金典》（秀威出版）

入選：2010、2013、2015、2017《臺灣詩選》、2011《現代女詩人選集》（爾雅出版）、台中文化局《花蜜釀的詩──百花詩集》（2018遠景出版社）。

獲獎：2011優秀青年詩人獎、2013花蓮優秀青年獎、2013真理大學傑出校友獎

目次

003 【推薦序】世界粗礪時我柔韌
　　──序《自由時代──風球詩社十週年詩選集》／白靈

015 【推薦序】以詩選瞄準未來詩史／楊宗翰

021 【推薦序】如何捏塑詩的臉龐？／陳政彥

024 【主編序】風向球：成為明日的氣象指標／曾貴麟

028 【總編序】我們或終將在風中謀面／曾魂

032 【社長序】自由時代，我們寫詩／廖亮羽

北部讀詩會

052 廖亮羽
　　觀海路／無主之地／邪念之地

056 聶豪
　　簡譜／博弈／索居／寧日

059 梁評貴
　　他在哪裡

061 王士堅
　　早夭的戀人日記

064 蔡維哲
　　論資訊溝通之流變及影響／認真向上的政治

067 陳彥融
　　熬／謊言／孤單天狗／虫

069　郭昱岑
　　——細數

072　黃橫賓
　　接觸即興／赦免／候鳥

075　林海峰
　　謝謝妳，終於毀掉我

078　楊上緯
　　定格／千年之戀

081　林秀婷
　　那湖的湖心沒有波紋／之間

084　陳又慈
　　北中之湖／練習相愛／紋身・重生／一切終將過去

087　曾偉軒
　　意壚／恍／當一切如此平靜

089　汪曉薔
　　晚期風格四種

092　周俊吉
　　鬼月你說

095　鄭哲宇
　　出走／立冬曲

097　李浩正
　　煮淚／既然你說是自由／我會害怕

100　楊祥瑜
　　水波紋計畫

102　洪岳寅
　　罪行╱原始衝動

105　黃宣榕
　　舊夢╱似

107　張雅薇
　　X的一生

108　林澄
　　在我的墳前吃一顆會微笑的糖╱愛的跟蹤狂╱草莓特效藥
　　╱我所知道的愛並沒有那麼豐盛

111　盧冠宏
　　愛情觀╱當精神正在溯行╱夢囈

114　黃鈺凱
　　分隔島上╱分享╱入秋以前

117　朱建豪
　　不能再踏入第二次

119　王群越
　　浪子回頭──台語文化之存亡

121　謝銘
　　一名中產階級的日常

123　彭梓華
　　未來的未來

124　林琦萱
　　保存溫度

中部讀詩會

128　周駿安
　　　鐵與感情／冶煉十三行／黃金語／胃病

131　黃雅皙
　　　完全自殺手冊

134　洪國恩
　　　冷語／只對你說／空城

138　藍羽希
　　　英倫印象／聽說青春曾來過

141　顏誌君
　　　冰淇淋之歌／倒帶／想靠近一點／微塵

143　郭逸軒
　　　不遠／大美人／明顯已讀

146　洪冠諭
　　　雨天／糧食自給率

149　黃予璿
　　　木偶／預言／瀝青／我們都是這世界的一粒沙

152　陳冠綸
　　　愚人快樂／療癒系童話／愛上一個人／溫柔鄉

155　吳昕洳
　　　光

157　林德維
　　　長青給的筆記──致李長青

158　鄭李宣頤
　　　長途

南部讀詩會

162 **曾魂**
臥擁煙灰缸未融的浮冰／已是：一個充沛的盆栽

165 **施傑原**
瘧疾／難民／如果時間也會老去

168 **范容瑛**
失──記2016高雄果菜市場

170 **林宏憲**
如果我老了，你是否還安然無恙／__與__之間／寒暄過後

172 **蔡宗家**
生之靜物／不散，不見

176 **張蘊華**
人魚／有一種想念／倖存者

178 **易采潔**
失語症／海棠／漁光／帽子

181 **邱學甫**
失眠／未至／夏天的盡頭是海／貓夏的我

184 **王信益**
原諒我們的海灘無人能夠真正抵達

186 **陳琳**
關於

187 **何品萱**
告別Limbo

189 **洪靖翔**
純白

東部讀詩會

192　**曾貴麟**
貝阿提絲，我中途過的那隻橙貓／
一本未拆封的詩集──寫給東海岸線未曾抵達的行旅

196　**葉相君**
斯德哥爾摩症候群

198　**蘇楷婷**
冰心

200　**戴世珏**
愛／挖掘夏天的墳墓

203　**賴俊豪**
欠妳一封情書／傷心菸民之歌／唯讀信件

207　**陳日瑒**
我不要升級win10

208　**蕭宇翔**
一邊／出航

附錄

212　風球詩社簡介
213　2008~2018風球詩社舉辦文學活動紀錄

北部讀詩會

廖亮羽

花蓮人,真理大學台灣文學系,華梵大學哲學研究所,風球詩社社長,風球出版社發行人,全國大學巡迴詩展策展人,全國高中巡迴詩展策展人。電影迷、旅行者、哲學人。

出版詩集:《時間領主》(2018斑馬線文庫出版)、《Dear L,我定然無法再是一隻被迫離開,又因你而折返的魚》(花蓮文化局出版、風球出版社)、《羽林》(風球出版社)、《魔法詩精靈族》(新北市文化局出版)。

主編:《台灣七年級新詩金典》(秀威出版)

入選:2010、2013、2015、2017《台灣詩選》、2011《現代女詩人選集》(爾雅出版)。

獲獎:2011優秀青年詩人獎、2013花蓮優秀青年獎、2013真理大學傑出校友。

觀海路

從來是燕鷗抵禦淡水處
頡頏引冷鋒出境
夕陽也疏散防風林
在河海交會地上岸、顛躓
修剪漁人的倒影
際遇背過身
黃昏困在寒流中決堤

白沙灣再深了一些,並闃寂
如一只遺珠的海隅
失語的細沙離群索居
舊事繞道暗礁而來
海平面又下沈了幾尺
多年你隱隱如一截擱淺的纜繩
牽引沉寂船底的地址

陸續有風翻遍碼頭的線索
羅致雨勢纏身的細節
海浪是長堤的演繹，大潮紛沓
目光遠颺燈塔之外
光束遙遙鎖住舟楫的繫念
互許新的身世、未完的語言
河床的意志仍壯遊前行

無主之地

雖然的確不安和徒勞
沿礦苗凋萎的路徑，以金屬碰撞
靈魂的高溫，直到火花侵蝕夜景
照映朝陰暗處挖掘的沉鐵
在冰冷鑽岩頑抗下
既不是破碎
也未完整

也許幾次後悔
徒然將信物投入洞窟
被棄的恐懼是這樣
從惡夢的祕密開始
荒地的沉睡像掉入蔭影
以蕨類覆蓋的罅隙，絕望地懷疑
穿越這片脈礦的意志
泥濘，危險，難以偽裝

最後礦藏如實留下
礦井裡的骨骸闃黑，貧花虛空
因為棄土的荒涼而無法腐爛
只有不敢想像的天賦
才能接近那裡
縱橫交錯的坑道
如心的縫隙——
鞭子和駱駝偶爾遭遇
隨即分離，黃沙動搖的
無主之地

邪念之地

是夜，北城一片大火
獸影與異鬼奔竄
夾雜逃了也無法倖存的人
你帶著一隻小獸轉身
後方有萬千鬼魅追趕
前方是諸神的夢魘——
群妖將惡靈放生，你感到惡念
在心底悲涼地竄起
一具絕望的焦屍險些將你絆倒

曾經傾軋扭曲的城
此刻，陷落在烈焰的墳場
從成堆陌生的屍骨，恨意

廖亮羽

疊在一片空洞的焦土
他們曾經惡鬥，彼此燒灼地怨恨

未曾離鄉，你從小就被擄走
一個被他們綁架的孩子，像月球表面
毫無生機，在盜匪的慾望中成長
在首領的語言中習得欺詐
與共犯劫掠的財富
換得官位、權勢，在你的故鄉
只有更多的，不必遮掩的
盜匪與騙徒，沒有減少過的衰敗
與恥辱

成群的毒蛇地鼠四散奔逃
那時，國家將背上的你丟下
你攜著負傷的小獸像那場大火
以瘴癘瀰漫的深度
陰鬱地憤怒
尋找庇護的時候，濃煙高溫
已在傾頹的學院裡等候

在月光拉扯船隻的河面，黑夜即將斷裂
你不捨切斷纜繩，在崩塌的角落
讓良善離岸，載著最後的人
渡向腐爛的大陸，船底黏附水草
瘟疫、噩夢以及荒蕪的人性

聶豪

筆名莫問狂、蕭然、煙霞舊主人。中央大學碩士生。2012年出版個人詩集《黑色在尋找白色的途中變成灰色》。曾獲教育部文藝創作獎、香港青年文學獎。

簡譜

我側身於碎紙機的間隙
任由痛苦
將我撕成疏離的羽翼

當我鳥瞰孤獨
像一個誤點的天使
發現拿氣球的小男孩在人群中倒立

那些低迷的雲彩之所以徘徊不去
只因一聲執拗的鹿鳴
喚醒我的回憶

博弈

靈魂消融，墨水滴落
一顆捨生忘死的棋子
被擱置在生活的角落

那是生命
賦予自己的形態
猶如散漫的葡萄藤攀附的支架

夜拆開曇花
從交響樂裡抽身而退的喇叭
激勵著我，曲解著我

（蝴蝶點燃了一千座花園
我的神思在月亮上滑雪）
旅人拉起沒落的帆
「行善是我為惡的動力。」

索居

老邁的牧神在死蔭的幽谷野餐
隨後將篝火熄滅，狂放的回憶呼嘯而過
不屑多做停留。被召回的事物
總是以另一種方式現身
那讓我感到溫暖的
不是別的

寧日

密林中的低語者
像惟一的一塊空地，不斷向前延伸的孤寂
被視為畏途的
心，對脛骨而言
只是安靜的瀝青，忍受著軀體的叛離

軀體將自己平放於空地
任憑青草淹沒口鼻
培養夏天的心情

你是我寄放在夏天那裡的白矮星
一顆變化的下墜球
急停的瞬間。剪票口前猶豫不決的人
不可抗的外力推著他
越過此刻

當火焰蛻變為羽翼
復生的伊卡洛斯
隱入無限分割的森林

梁評貴

就讀國立政治大學。曾任《風球詩雜誌》第四期訪談稿撰寫人、全國大學巡迴施展東部統籌。作品曾獲桐花文學獎、華嚴金獅獎、大武山文學獎、中興湖文學獎、礦溪文學獎、忠義文學獎、南投文學獎、桃城文學獎、台中文學獎、吳濁流文藝獎、馬祖文學獎、打狗鳳邑文學獎、菊島文學獎、夢花文學獎、教育部文藝創作獎等。

他在哪裡

　　他本來不會在這裡的
　　山　都是只在相片裡的山
　　是梅花鹿奔跑過　那條茂密的小路
　　可能是太熱了
　　樹木的長髮　被推土機一併切齊飛去
　　土黃色的冰淇淋
　　變成一球融化的泥泉
　　夏天的舌頭
　　舐走了三、四個的部落

　　他本來不會在這裡的
　　小心地把呼吸伏在林間　獵槍瞄向山羌
　　「莫那，好的獵人懂得等待。」
　　扣下扳機　槍口餘煙響起
　　動土大典的聲音

　　他本來不會在這裡的
　　時間穿起藺草　編過母親交疊的雙手
　　「你們住組合屋就好了。」

想想　反正
連母親的搖籃　航向海上的船
也都是組合的

他本來不會在這裡的
投下兩枚硬幣　加值而直到機器說
「不再投入，請按下一步」

下一步　就踏入揚弓射出箭尖的頂端
其實只是　大樓的避雷針
刺入山羌的體膚　牠發出哭泣的哀號

他本來不會在這裡的
扛起獵物　他想告訴哭泣的山羌
懂得哭的時候
你就再也　不輕易笑了

王士堅

政大中文系，1998年生，雙魚座A型，是個喜歡寫詩和講低級笑話的有機體。
生活需要掌聲，亦需要沉潛。
相信愛情沒有先天的疆界：技巧，才是關鍵。

早夭的戀人日記

　　還沒開始一頓豐盛的早餐
　　牛奶就已經打翻
　　刀叉瓷器恬靜，木桌垂垂老態
　　歲月肥滿
　　陽台羊齒蕨盆栽

　　藤椅上咪咪慵懶翻身
　　打了半世紀的哈欠
　　當一隻貓多好，從不在意容器的模樣
　　玻璃魚缸裡的睡眠
　　流動的愛戀
　　瓶子外的牛奶依然香甜

　　止不住一場乳香的漫溢，我們
　　昨晚就沒有拉上窗簾
　　記得雨下得很大，像你迎面逼來的胸膛
　　讓自己輕易地潮濕
　　潮濕的地方總誕生美麗的神話
　　耽溺橄欖和橄欖枝
　　啣著總能填補虛無的海洋

海洋上沒有燈塔
只有幾枚低吟的星光

反覆拍浪
一顆心被槌打得很薄很薄
昨日與昨日輾轉
被月光曬傷
面窗的耳廓之上
一首北歌南傳
你的口音，流浪者模樣

今晨天清氣朗
陽光，時間，大風起兮
貓毛滿室，成為你我的鋪延

曖曖的天光消融在杯碗盤碟
一切慢速播放，你還醒著嗎
彼此對坐，我想起詩集的摺頁
視線沿著你的頸項弧線
起飛，這是我們第一趟旅程
一頓豐盛的早餐揭開序幕
牛奶就已經打翻
在我們之間

一天就這樣快速地老去
抱一袋和你去市場買的酸李
拉張凳子看夕陽

靜靜含著
不會生根
也不被嚥下

王士堅

蔡維哲

蔡維哲，國立台灣大學生物環境系統工程研究所畢業，擔任風球詩社北部讀詩會總召，曾獲鳳凰樹文學獎佳作。

論資訊溝通之流變及影響

上古
哺乳類於是開始練習遺忘
將思想鏤刻石板
羊皮、卷軸或任何祈願
得以連結未來
語言演化的形象
悄然背叛詩人的詠唱
都書寫在昨日

中古
所有昨日被大量
大量的復刻
串成一綑，
綻開滿遍野馴養已久的
活字傾瀉的海洋
（光榮革命，
古騰堡如是說）

現在
巷口的書房漸漸沉寂
離開或者死諫？

兩端首鼠者必然
必然是最徬徨，
最善忘又善記的一群
彼時星光自方框穿透
悄悄偷走良淑浪費的陋習
我們該少砍些樹

近未來
終有一日
當無限光子
穿透瞳孔之時
（並且毫無罣礙，
順利地將群集包圍）
我們都將演化為善忘的哺乳類
同聲囁嚅或震顫
語言趨近灰黑質地
任何易於被替代的終端

認真向上的政治

潛沒的影子日淺
目光深邃
但你仍無法穿透更多的命運
如一湖漸次乾涸的水
漸次起身漸次
蒸騰，鼓動心臟擴散

擴散成自己的樣子
那湖固定但無限的灼灼生機

你抬起頭
掌心握著許多口號
閃耀超能力和鋼鐵的分身
朝陽光奔馳
軸傾飛旋
近乎無窮地收縮
此時眾多心跳同聲
你擴散的領域收攏支配的疆界

一個坑裡必然同時只能有一顆蘿蔔
座位有限必然無法滿足在場各位
請廣義地燃燒生命
謳歌奶與蜜與勇氣相愛相殺
只能剩下單獨的彼此
再殺死自己一次

撕破現實之後
沙灘上鋪滿擱淺的魚
練習用肺呼吸和飄浮大氣
裝備鱗爪或裹上毛皮
平衡各自的慾望埋葬更多自己
終於趨近唯一，突然

你發現宇宙風景滿好的？

陳彥融

台科大機械系。師大附中藍天之子，噴泉詩社51屆副社長。
為實現詩的社會貢獻，正在努力讀寫。

熬

【癢癢】

摸黑、摳摳鼻屎
手指在耳朵裡
繞繞迷宮

刮刮牙垢
剃剃想說
但彈指就失蹤的字

搓搓腳趾挖挖肚臍
搔搔想你的器官

謊言

原來春天
從未承諾一瓣預兆
那一天剝落，入土之後
我不曾安睡

你暈開的琴音
今日子接連滅頂

過去凡是低窪凡是
反覆著窒息
像一次就愛上了所有
所有失誤的落地

無解的風向終究
偷偷擄走你年輕的瞳色
望我不及的遠方
燦爛去了

孤單天狗

而在數百年後我將
與妳完成一場
舉世矚目的偏蝕

虫

面對一個小小的死
觸了觸伸展的手

緩緩蜷曲，收緊
像一個翻身就把夜給掀破
但沒有因此亮起來

彷彿他還有夢
我還有駐守

郭昱岑

現在就讀政治大學，在繁忙生活的狹縫中，偶爾細數這生活播下詩句的種子，然後放逐，放逐這個世界，或是被放逐，在那只屬於自己的彼方。

一一細數

【風】

春風起
上彎的嘴角拎走了
襯衫口袋的曾經

【地】

壓抑豐年的祈願
莫澆灌過多的呵護
否則會鬧彆扭

【雨】

大地懷抱天的絲念
披上柔幕的空氣
洗滌過後安眠

【瀑布】

傾瀉一匹純白的絲絹
紛飛的柔嫩　揚起
飄逸寧靜的自信

【蝶】

蝶得了莊子的真傳
共舞之後
彩蝶甘願黏上絢麗的甜蜜

【草】

彎下腰築起記憶墊的窩
情願不是妥協
甘心堅守托襯的職位

【斑馬】

奔馳只向那片豐腴草原
保護與偽裝謝幕
紋飾倆繪製的是世界

【叢林】

輕踏絕地的昇華
仰首垂藤翳入了天
綠色堡壘中潛行

【珍珠奶茶】

注入蘇伊士的告白
紅海與奶的漩渦
沉了一雙清澄黑珍珠

【攝影】

光與影的穠纖合度
預想那回眸一瞬
沈醉永恆的定格

【香】

手握的是虔誠
希冀卻隨流沙漸短
最終飄散

郭昱岑

黃橫賓

....

薩維，本名黃橫賓。輔大中文系畢，現就讀台藝大表藝所，人很差劇團團長。劇場人也是文學人，說法文也說英文。被三隻貓豢養的大貓，蝸居在板橋的河邊，逐漸被時間成為大叔。戒菸戒酒戒咖啡之後，戒不了的嗜好是吻。（Facebook：薩維 Xavier；Email：xaviertainmu@gmail.com）

接觸即興

　　鈸鼓喧嘩的日記裡

　　忙碌之後裸裎而眠

　　偷一點世界建築一個世界

　　小小的小小的窗

　　框著多少夢

　　多少說不出口的渴求

　　只成為一滴一滴雨水劃過

　　逐漸粗糙的牆面

　　款款的嬌媚

　　望穿窗下一池池

　　倒映成整片銀盤的湖

　　楊柳依依

　　翰墨未乾

　　氤氳渲染成一隻雙人舞

　　撐一片葉子划入湖心

　　兩盞等著碰頭的酒杯

赦免

黃權賓

秋日的陽光
未曾因十月的抵達而衰竭
楓紅的日子裡
行色匆匆地途經他方
為那些從來沒有照過鏡子的悲傷
河邊的百合不值得同情
秋日降臨只允許反省
嚴厲且熾的太陽下
——審判罪行
直至冬日的藍
渲染情人的淚滴

候鳥

有時候我會想起你們
像是候鳥
棲息在這裡與幻影間
巢們屹立於崖壁陡峭的地方
逐漸習慣拆除不了的巢
孵化你們的卵
有些和你們遠走
有些在巢邊開成了花

我坐在峭壁邊緣
看海眺望你們的去向

交換或重疊
然後前往沙灘
撿拾星星的遺骸
不是最好但最堅固
放在巢裡像是建檔

無論晴雨
我習慣赤裸著
用肉體寫日記
躺在雪裡最大化承受雪的面積
這時候禿鷲會來啄食
因為雪卻沒痛覺
反正都是幻影

在光線轉換的時候醒來
我知道你們不曾走遠
但卻離這裡很遠
在風與杜鵑中遷徙
擺盪在山巒和海中

留下我一個面對世界

林海峰

華梵大學。

林
海
峰

謝謝妳，終於毀掉我

謝謝妳，終於毀掉我。
我終於因達到預想中的絕望，而感到踏實。

那樣的微笑終於在我臉上如序幕般拉開。
寧靜的曲線緩緩上昇，終於形成一個日初一樣的弧形。
我過於歡欣，難以抑制地想笑出聲來。

接近於一種狂喜。

畢生凝視火焰的人，終於走出洞窟，即便那陰影還是如
影隨形。

妳終於毀掉我了，讓我不再對世界有錯誤的期待，雖然
不是我所期待的那種戲劇性的方式，如墜毀的太陽。我
更願意妳用那種冷漠的語調，如所有事物誕生前空寂的
宇宙，使我從根本上沒有存在的可能。

但一切還是發生了，卻是以極其平庸的方式，像吃完晚
餐喝杯水或茶之類，重複的菜色，桌巾邊角的污漬，腸
胃像被蚊蚋吸血般，痛癢的惱人，如某種沒有醫療根
據的宿疾，卻沒什麼好提，直到有天，突然成了絕症。

只待我把火葬後殘餘的碎片都清理乾淨，一切就都完成了。

毀掉我。
如此美麗，如此平庸。

天空會像湖泊一樣淡藍的湛開，越來，越來越淡，淡到那些遠望的人影變得深刻，深刻的人影也逐漸，逐漸泛白了。

那是一切都被毀掉的清晨或是黃昏。
鴿灰色的。
有些東西永遠無法再重建起來，從此我要棲居在廢墟之上，向死而生。

可惜我將無法再被毀壞，完整的碎片將永遠是完整的，沒什麼能再與我拼湊，也沒什麼能再毀掉我。

我的人格本來就有某種程度的缺陷，因為這些的發生，那成了一個坑，一渠不滿的池塘，堆滿雨季前的倒影，一座倒臥的森林。雲的獻身也如此輕薄，以至無法飄落，在泥與濕氣被嗅覺之前，遍地將是風的屍體。

動物把風掛到樹上，隨即被吹走，只有毛留在地上，開了花，從沒有一朵如此細小，又如此完整的哀傷。恐怕無人會拾起它們。

雨站到腳痠，自然會從空中下來，如散軟的，明知無法看見，還勉強扎眼的睫毛。大把的雜草將被收穫，塞滿人性的缺陷，壓實，某種程度的徒勞無功。

池塘進化成湖泊，湖泊退化為淺灘，將有候鳥經過，物種起源，人性依然。

失敗。

楊上緯

國立中央大學經濟學系碩士班畢業，現於英國倫敦旅居，是個能用右手算經濟與統計，左手寫詩及散文，理性與感性兼具的多棲者。曾得過校內新詩獎佳作，作品散見於網路與詩刊。平時喜愛接觸各類藝文活動，視藝術為靈魂逃脫之出口。

定格

當分針止步不前
我們還是回來了

前庭驟然異變——
一排鹿仔樹競相高過屋簷
筆直的回憶遂被截斷
揉為細砂
沉積在此成為土壤
豢養出肥大的西瓜蟲與螔蝓
在兒時夢田匍匐

歲月也將你打扮得極為晦暗
灰塵、白屑、蜘蛛網
梳妝台一角
壁虎排遺連成不規則的圓
圓心躺著一隻死去的蛾
遙望餐桌前長凳

我們終究不是回來緬懷你的
於是打開電源

鋸下一根根的錯節
掃開結實的紅土
聚集落葉
點燃最後一絲依戀

濃煙遙指遠方
牆上月曆定格在最熱鬧的節日
我記得……

千年之戀

我打自海的對岸
趕來，你從遼闊的內地
走過
在這晴朗無雲的四月天

此刻湖水是羞怯的
成列的楊柳親吻著湖面
嬌嫩的花兒綴於岸邊
湖中心
一只孤帆靜靜流過

千年前，蘇堤尚未春曉
兩岸也未曾分裂
三潭映照著當時的明月
曲苑旁，鶯聲亂啼

向晚鐘聲
荷香引人醉

那天，只見白娘子穿過灰濛
向許仙借傘
共乘幾世紀下來的美夢

夕陽斜照
此時雷峰塔下
壓著的，是誰的癡情？

一陣巨風猛然吹過——
那時，我於拱橋那端
回首，你的臉從人海
浮現
那次的對望
我們都在彼此的瞳孔中
看見了各自的前世
卻未能相識

林秀婷

筆名神蕪，1999年生於台北，曾任師大附中薪飛詩社社長，現就讀台大化學系。曾獲2015、2016師大附中火鳳凰文藝獎新詩首獎，2015新北市文學獎新詩首獎，2016台積電青年文學獎新詩優勝。

期待筆下所有隱喻都被看見，此生一切緣分都找到解答。

那湖的湖心沒有波紋

要偷走幾個星座
才能填滿慾望的池
投擲多少硬幣
才能圓滿所有真誠的謊
那湖的湖心沒有波紋
被遺忘的都沉在那裡
沉在那裡的是否都該遺忘？

那湖的湖畔沒有水痕
懷著執念的人走過，像從未走過一樣
昨日踏碎的露珠重新凝結
像從未經歷過清晨一樣
我空手而來
投入凝視於同樣平靜的湖水
私自揣測你駐足的地方
有熄滅的流星、過期的誓言
堆積風化成養分滋養全世界的夢

我從未見過你
但你確實就在那裡
我看見湖面映出遠方積雪的山頭
風雨欲來的低雲
你坐擁萬千世界清晰的映像
多少願望都沉在這裡
殷切懇求，卻沒有人說得出你的顏色
那湖面之下看不見月光
我想像你是個沒有表情的孩子
眼睛與湖水同色
大多時候並不覺得寒冷
偶爾渴望搖籃曲和擁抱

那湖的湖心沒有波紋
湖底蓄積的願望比水更沉
需要多少時間，才能收集足夠的謊
買下明天晚上的星空
還需要多少重量
才能阻止太陽升起
不再有硬幣、誓言或流星打擾
我願有足夠長的黑夜讓你安穩休息
做一個屬於自己的夢
——不，不能許願

之間

將感官磨到一個原子的尖銳
試著掃描你的位置，甚至每一道關係

縮小自我的存在感
如果奔跑可以讓自己量子化
穿隧至遙遠的故鄉或更遙遠的你
也並非毫無可能

一道電子流可以打斷你我的連結
也能將你帶到我的身邊
而鍵結與否便是你的決定

真空下，我們的思想已經缺氧
凍結而瀕臨死亡

陳又慈

台北人，台師大教育系以及國文系。曾任台師大噴泉詩社副社長。
在為師的路途上，仍然在找尋自己的浮木。

北中之湖

都市裡的山水
在柏油路面空出
一面面的鏡子
一層層的梯子

過快的車速總會使人嘔出
失衡的心，撕裂的夢
擁擠的時間日日衝撞
細薄的神經，難得的情慾
被致命的微塵困住
只好不斷繞著鏡子
洗清臉上的硬化
離開螢幕的方框
一步一步走高
梯子的寂靜

練習相愛

新生的藤蔓，說好在
同一個方向會合
用對話灌溉一片一片的

葉子，才能相互勾手
但這樣的纏繞，會不會
不小心灼傷，卻又包裹著
怕鬆手的不安

紋身・重生

等待緣分降落
有一處可以附著
就算要沉入岩漿
將傷勢一筆一筆紋在身上
直到完全煮沸，蒸發水氣

煮成碎片的我
能重新鑄造成人
兩雙筷子，兩個睡枕
長出了根，交織著手
捧出彼此的心，用生活雕刻
練習與你共生

一切終將過去

時間拯救了我
在每一次被自己擊倒
沉沒於海之際
解開纏腳沉重的執著
才能打撈上岸

修復我們破碎的默契
寫下預期之外的故事情節
淚都隨著潮水退去
露出金黃色的細沙

曾偉軒

筆名雨目，2000年生，目前就讀南山中學高中部。為風球詩社北部讀詩會總召，曾獲全球華文青年學生文學獎新詩組第二名，和校內外文學獎。接觸詩是國一的時候，因為對文字有了依戀與信仰，便持續將它虔誠地鑴刻成生命的一部分，而詩便是我最柔韌的心。

意墟

站在明日的廢墟前，今日
虔誠膜拜，祈求——
任風雨侵蝕、赤日曝曬，仍能
重生一切端立之姿
和其誠心

佗

厭倦陰天和雨雲
待天晴的日子，因追求
更圓的月而靠近——

在月上踏入自己的凹陷
暖暖的月光
填著別人的思念

當一切如此平靜

如何說一句謊
磨平時光的深紋

如何讓候鳥隻身遷徙
逆向在雪裡度冬

細雨綿綿，落下已然的抉擇
點滴深陷泥淖
思念隨之下沉，止息於此

如果海是川流之末
我情願我是唯一的河
流進你的灣澳……

曾經相信，也曾經背信
一滴雨落入海面
漣漪湧不回浪

汪曉薔

畢業於國立中央大學中國文學研究所,目前服務於文化部。

性喜愛詩,無分古今。以赤子之心感受歲月遞嬗、塵世冷暖,感觸格外深刻,亦自有滿腔感慨不得不鳴,需要形諸文字,自然成詩。曾獲教育部文藝創作獎、南投縣文化局玉山文學獎、菊島文學獎、全國巡迴文藝營創作獎、金筆獎等。

「不薄今人愛古人」,愛詩不分古典與現代。《人間詞話》說:「詞人者,不失其赤子之心者也。」始終相信詩人,最要緊的是要有一顆原始澄淨、善感多情之心。

晚期風格四種

【一、憶舊】

倉促離家,厚重的情感被迫拋棄
分裝細軟、撞擊回憶
成為細末或小丁,便於攜帶且適於獨自沖泡
母親化成麵條的香氣
妻則是夜晚仰天所見一抹微笑
將月光與陰影劃開
然而,泛黃的照片被判定超重
因非法挾帶整世紀的哀愁。

每日被寂靜給吵醒
清楚的迷惘　積極面對逃避
遺忘記得的曾經

從此愛雨。雨最灑脫
雨點飄零分明沒有根,卻俯身親吻大地
窗外窗內皆是漂萍,合唱變調的搖籃曲
回首來時路:凡踏過的,皆是故鄉

【二、遺忘】

久未犁耕的腦已成曠野
神經長成桀傲不馴的芒草搖曳
此地人跡罕至，你站在草浪之中四望無垠
幻想著遠方正有狼煙升起

那天你在手種的曇花前迷了路
雙足囁嚅，雙唇無措
「我家在哪裡？」
我們都不忍叫你轉過身
任你在小小的孤島上
當一隻漂泊的水鳥
往後挪動一尺，就能歸巢

【三、變形】

鑲嵌在破碎的殘山剩水
管線挽著膀胱，藥罐裝著志向，輪軸承受著生命的重量
心，靜置於橫放的沙漏

你將自己摺疊再摺疊，蜷縮著背脊
想瘦成小孫女微翹的睫毛
可以被自然地注視、親吻、撫摸
遠眺風景
當凋零委地之際，不必呼天搶地
捎來一聲輕輕嘆息

汪曉薔

【四、永恆】

陽光細數白色大理石階
那時你深信一步一步走，就能到達天堂
如今陽光再度清點窗櫺
「最明亮的地方，影子愈深」
到了晚期不免溝痕處處
現象退化，人的主體性愈加清晰
以桀傲的姿態與這世界既即又離

白髮不是意象，而是寓意
透露無機、直露與從心所欲的踰矩
驪歌奏起，調性不定
穿戴最華貴的首飾與大衣，並不隨音搖曳
裹起枯枝敗草，彰顯不合時宜
昂首駐足傲然止步，讓街道繼續前行

站在生命邊界，呼吸稀薄的風景
秒針晃動間，光陰縫隙
曾瞥見永恆開啟，而後合起

周俊吉

一九八八年出生,東吳大學中文所畢業。研究所畢業後,返回台東老家定居。愛貓,愛旅行,愛美食。目前於台東偏鄉實踐教育夢,同時從事寫作,希望能早日出版第一本短篇小說集。

鬼月你說

【一、碟仙你說】

□仙□仙請上來
□仙□仙請上來

不論男女與老幼
黃紙上說話走動的你是
白碟子裡的神仙

食指是我們之間相連的血脈
也是簽署的一紙契約　關於偷渡

你認識的字彙比活著時還多
終身學習典範

我們的提問技巧薄弱
並不怪你答非所問或選擇緘默

本想找你問個一清二楚
卻更增加滿肚子疑惑

碟□碟□請歸位
碟□碟□請歸位

碟終於歸位，正要散會
卻看見鏡子裡的仙
一整個頹廢

【二、降頭你說】

來不及活著的你在瓶中哭泣
胞衣是天神披上的外衣

七七後被脫水處理的你
竟喬遷到了棺材裡

他是馴獸師想鞭策你
竟然讓血一直滴滴滴
迷失了自己

攪拌頭髮與指甲
他榨出一甕最黑的烏鴉

待他想起你還沒呼吸
頭已降下憑什麼降頭
玩你

【三、還魂你說】

我欲踏上奈何橋
卻被牛頭瞧了又瞧
罵我持的是張未來的黃牛票

順著白光回到陽世
看見自己是具腐屍
我揀了個堪稱滿意的軀殼
就這樣住了
一世

在不知道什麼地方認識不知道是誰的親人
在沒有海港的地方懷念海風的黏膩

想起遷居前的家人
只能將眼淚想成海水的鹹

你
變成了
我
變成了
你

鄭哲宇

台灣桃園人，北京師範大學畢，現就讀於北京大學研究所。

出走

推開了門以及
穿越的意象
你以鑰匙替代槍械
牢牢地抵著太陽
穴裡幽深潮濕的想像
試圖生活或者生火
烤問龜裂的胄甲
是否有我，繁衍上岸的理由

以側頰熱敷
冰釋島嶼的吻痕
夜色掩埋字句
左胸膛微微隆起
在你漠然起身的那刻
演繹一次地震

立冬曲

你說，下雨的意象
僅止於紛紛
一如故事的細節，或錯覺
凌亂得像是一種承擔

北部讀詩會

紛紛歪斜的字跡如雨點
影子追逐影子的新街口外大街
此刻，詩裡有燈卻沒有光
只留下風的聲線
在我們入夜時轉身
拆一封信
並且斷去音訊

缺頁的日記裡
我沒有為你寫下最後
一首詩。出了北太平庄
都將成為祕密
如你擺盪的心事
我什麼也沒說
什麼也不說的樣子
像鞦韆搖晃頻率中的那種猶豫
更多更多的是堅決，像你

像那些還沒下雪的日子
要怎麼依循著愛人的足跡
在一次次的擁抱中
練習失溫
並且被愛呢

當哭泣佐以閃電
即是北京最冷的冬天

李浩正

就讀台灣大學物理系，曾任師大附中薪飛詩社副社長，曾獲火鳳凰文藝獎第三名、台北市青少年文學獎佳作。

「詩人不是一種職業，而是一種狀態」，第一次聽到這句話是高一時，聽顧蕙倩老師說的，當時身為科學班學生的我，剛誤入歧途地加入了薪飛詩社，自取筆名——追憶，從此展開了一場矇矓的追尋與回憶。

我常常會回想自己什麼時候開始把那些隨筆的文字稱作是詩，是什麼契機讓與詩無干的我一頭栽了進去，直至今日，這都不是個明朗的問題，只能說雖然我並不是多了解詩，但卻時常感覺自己是位詩人，喜歡仔細品味生活的細節，很幸運這次能與各位分享。

煮淚

看著時間被點燃
我們用一去不復返的青春
煮沸總能反覆凝結的悲傷
在彌足珍貴的溫暖時光裡
喝飽一大口水
來抵禦寒冷的冬季
烙下了一圈圈的痕跡
在每一道曾經單純的記憶
而最深的部分，稱作執念

人生是不斷蒸發的過程
琢磨著能煮得多麼清澈
能留下什麼樣的結晶
世界上七千個美麗的寶石，而你
是我最渴望結成的

既然你說是自由

在最接近死亡的地方
你試圖逃跑
卻看不見東南西北
只好逐漸躺下
可能是眼睛花了
也可能是世界，糊了
然而，那並不重要
因為它們都屬於你
在血液追趕上跑馬燈之後
之後，你問了
如果夕陽已是歸途
那月光呢？

我會害怕

有天你不再需要我了
我會害怕
害怕你的生活
沒有我的影子
害怕我不在的雨天
你撐著傘
一如往常的表情

你可能找個同行的人
代替我的肩膀

在背包裡放著新的髮夾
忘了從前的那個
多年後
你可能和現在一樣盤起頭髮
走進滴滴答答的城市
習慣聽著一個人的耳機
在下班的路上

到時
我也會在城市裡走著
可是我常常迷路
也常常故意繞遠路
渴望找尋回憶的殘影
而我可能不會再像現在
輕易傷感
卻害怕有天
在世界的某個角落
我點了杯咖啡
就坐單人座上靜靜凝望
一整個午後

楊祥瑜

桃園人，政大新聞系畢業，熱愛電影還有舞台劇，曾任政大戲劇社社長，平靜度日便是好年。

水波紋計畫

我們是兩艘被清清擺渡上岸的小船
造訪一片不被需要的港灣
猶豫遲疑時間的空隙
就停在那裡
那裡。很好被展成一浮畫
水波上的紋路照映你臉龐
我們都因為清涼的輪廓模糊了自己

若有一片海　我們專屬的沙灘樂土
水跟泥沙都要在一起
就是如此貪心不能
不能。隨意更動我們像水波的計畫
還要去其他更多更未知的地方嗎？
我問你　是否睜開眼就能感受
風的重量跟我一樣

被洗滌之後　我們一樣渴望
再瘋狂又遺憾地被沙子弄髒
沒有明確的地圖航行明確的路徑
有些天空溶解之後的語境

都掉在那裡。掉落在
彼此佔領且看不見的嶺峰
離海很遠　離我很近

楊祥瑜

洪岳寅

淡江大學經濟系二年級，微光詩社副社長，風球詩社大學詩展總召。

罪行

　　天神追悔不已，那刻
　　人類已是火了
　　無法從五官、四肢
　　乃至軀幹抽離
　　企圖，點燃一切的企圖
　　未擁有火的，抑或是水生的
　　搏以慷慨

　　但總有人背離著
　　大啖生毛血肉
　　將99％無法相融潛藏
　　以1％覆體示人
　　搖曳著，在火中
　　靜待世界燒無可燒
　　靜待人類之無神論
　　將鮮紅加持灰燼
　　以死亡醒目

　　而一顆火種的熄滅，世人總無法接受
　　如一點星火無法接受一片草原
　　一切將以大火公正定奪

一隻食心的劊子手
燃起成了火鳥

普羅米修斯有罪釋放

原始衝動

像是一個十三四歲的少年
沉迷在最原始的紀錄片
抹抹肉色交融　絲絲靡醉喘息
最狂野的人性深處　詩經揮發著荷爾蒙
勾起心中的衝動

吻到之處，從頭到腳，火山噴發
模擬著原始地球的造陸
山峰、平原、峽谷
迷戀
未被人類採擷之前

以及那上天賜予的甘霖
亦未被酸性污染之前
散發著淡淡
微甜的乳香
舔食著密谷山林的泉，未釀
便醉人栽入萬物的起源
而世人早已背離這裡
深信著人造人的謬論

我跪著懺悔
帶著新生兒渴求回爐的
點點嗚咽
赤身裸體陷在大地的裂痕
任水侵沒，窒息在羊水
母性的包容

待最後一絲溫存散去
睜眼是戰亂摧殘的慰安老婦
用末世的溫柔
推我入高樓廣廈的籠
困獸的我一聲低吼
洩去曾經曾經充血的激昂
仰頭，睡去

黃宣榕

就讀中正大學台灣文學與創意應用研究所，畢業於真理大學台灣文學系，現擔任風球詩社粉絲專頁網宣。

筆名B.N.N.，因為太喜歡富含各種魅力的香蕉先生BANAO，所以自許未來發展也能夠成為驚為天人的香蕉人，大概是香蕉界總統這樣的程度。

是一根激動的香蕉，是一根固執的香蕉。

舊夢

光於午後的木質地板演出
白色窗框分散，線與影交錯

長廊隔絕城市的熱情

盡頭另一端，黑膠依然緩慢旋轉
唱針上行走
青春停止在歲月的
空
轉

似

你過去的雲是我現在的霧
相互比對的影僅是代入
因此間隔一面鏡子的
位置，地理學家研究你與我的契合座標：
今日的早晨同為昨日的早晨，

永晝與永夜的輪值永不碰面。
藍星才恍然
原地自轉導致星辰每個四分之一音符的
挪移各犯了一次錯誤
而我們仍盡力修正彼此運行的軌道
（或是渴求）
其中偏軌的
祕密，天文學家窺探
銀河投射最靠近地心的邊緣海溝的深海龍魚
趨光地奢望倚靠，又
畏光地疏離世界
只有獨自爬行的鮟鱇魚理解
（也無法理解）
直到生物學家試圖證明
你我些微多樣的
根本，是自然環境的變異
相互模仿的影依舊
我記憶的雲是你靈魂的霧

張雅薇

基督徒。就讀真理大學。

沒做過什麼值得誇口的事，關於好好活著就夠偉大了吧。夢想是吃遍世界的美食（或是跟某個人平凡度過一生）

X的一生

這輩子一定要做的事
跨年倒數時與陌生人接吻
跟某人在雨中跳華爾滋
愛上誰，願意一生交託
接著在宇宙角落被遺忘
吹蠟燭時許個願世界和平
提筆寫信，卻從不寄出
一個人去二輪電影院大哭
買桶冰邊挖邊看連續劇
睡前告訴自己要成長
（即使知道仍會跌倒）

最後將事情列在清單上
完成了就打勾

終其一生
都有個空缺關於讓你和我成為我們

林澄

本名林靖涵，就讀於銘傳大學，2017與2018風球詩社北部高中詩展統籌。曾獲銘傳文藝獎新詩佳作、2017花蓮文藝營新詩首獎、2017花蓮文藝營散文首獎。

白天是溫暖的石頭，夜裡是問題少年。期望每個讀過我詩的人，都能死去一次，再不久後的將來，又能如同早已死去的我，醒了過來。世界從來沒有教會我們如何去死，那就用力地找吧，直到找到原因為止，所以我會繼續地創作，直到擁有心臟為止。

在我的墳前吃一顆會微笑的糖

機會是某個悲劇人家產下的大雨
青春抵擋不了——潰堤
曾經我也是　忘了帶傘的對象
坐上一班沒有連結的心房
時間吞噬耳朵　我們不再說話
F，誰讓你的悲傷　那樣壯麗

如果我賣給魔鬼陽光
明年的冬天　會不會依然繼續？
我想，我也已經老了
想不起與母床爭鬥的模樣
世界太快不如你　慾望顯得太有變化
曾經我也是　斷然許願的對象
如果我死了　在我的墳前吃一顆會微笑的糖
消耗我　不要消耗熱量

愛的跟蹤狂

空氣稀薄得糊塗　窗戶營養不良
我是個文盲
想偷走你家　巷口的月亮
路燈捻熄煙蒂　電池替含苞站崗
這裡好像沒有人
阻止開水
無可救藥的想像
你要出來了嗎
幫我朗讀末日前　與你有關的所有張狂

草莓特效藥

我是思想上的草莓　賣弄獅子的餘光
假以時日　選個沒有善良的島嶼
帶著面具　企圖投洋
人們在意我的邊　是否完好無恙
少了稜角　情感烤焦了形狀
晚安是特效藥　那些似乎　並不重要
想哭的時候　戴上安全帽
所有人為你哀悼
他們願意為你原諒城市
你很渺小　酒醒了以後
你要知道
如果結局是長大　你會蔥鬱而死
還是會　愴然淚下？

我所知道的愛並沒有那麼豐盛

日子是沾濕了也不留痕跡的翅
我擁有的光陰　多不過肺裡　愛做夢的魚
想度過一個作惡多端的下午
寫首詩給你當作　最壞的小事
總裁小說把我們都剪壞了　害你那麼相信命運
找個良辰共處
你知道的那些愛　太飽滿的
我們先暫時不要
謊言會成為找碴的守護神
那些烙印　將來親吻
會找不到主人

我所知道的愛　並沒有那麼豐盛
累了　就吃藥
像熱水都會好

盧冠宏

台中人,在台北這座寂寞的城市當異鄉人,十八歲之後的目標是當一條蚯蚓。就讀於
國立台灣大學,曾獲全球華文學生文學獎、台中文學獎。

愛情觀

青埂峰上的石屑其實是種宿疾
早在前世,刺進你的瞳孔
痴狂在青春的體液滋養
長成一株紅玫瑰血綻於寂寞的夜
亂石磊磊的荒漠
刺蝟狀的孤獨獸
有了中點追趕是I
通往懸崖也是i
但歷史早已將你馴化
欠缺哭泣本能的馱獸
馱著太虛幻境到峰頂,好重又好輕
遍體鱗傷粉身碎骨血肉模糊
才乖乖來我這配給韁繩
雖然你立刻嚼碎回憶然後
繼續作一隻溫馴的嗑藥刺蝟
青埂峰上的石屑其實是一種宿疾

當精神正在溯行

只好任憑杉林下凡了
也是時候讓月光學著適應

枝枒森嚴的手勢
夢氤氳如霧　指縫間
附上薄紗般的幽思
在野鹿的蹄印上　我
臥看木質的閃電掘進
漆黑織成的輕幃
並切割精靈迷離的吟唱

起身踏步於沼泥
遠處漂來一扁舟
扁舟　弄皺了西北角的晚雲
與挺立的那叢鮮綠
招搖的水韭　上方是玄想
下方是蛙鳴　正冉冉升起
頃刻便將我掀翻
畢竟　還沒有在此定居的打算

於是自淵底彈射
突圍水平面
微寒的晨色提醒我
這是個適合斬斷夢境的季節
「啊，今天要考試」

夢囈

如果水滴知道
自己是扳手和排水孔交易

填飽黑洞的犧牲品　那麼
他會化為一粒珍珠嗎？

如果遊客知道
老虎也是觀光客
他們和牠們會發現
兩邊都是柵欄內？

如果那兩人知道
糖霜的風化比萬物快
他們不會因為彼此的舔舐
在下凡的真相前迷路嗎？

如果考生知道
換了近視眼鏡
眼前書桌的雜物
終究是無解的方程式？

如果我知道
我的妄語只是麻雀的啁啾
如果我知道
我在寫詩？

黃鈺凱

就讀桃園高中，全國高中巡迴詩展統籌。醉心於現代文學與精品咖啡。長期在各大論壇與刊物上投稿現代詩與散文。暫無得獎之經歷。

分隔島上

呼嘯
彼此的呼喚全被車輪輾壓
一輛輛
奔走的小丘
追逐著下一個花季
一幢幢
生苔的理性
裹著後現代的憂鬱

呆望著
我欲細數那些
過去
還沒過去
分不清的
兀自鐘坐在那島上
用影子收拾時間的碎片
免得任何人割傷

分享

生活照還是要與妳分享
即便少了妳的日常業已一週
鬢邊附著了太多遺忘
情感中竄逃著太多希冀
想把記憶逐條鐫刻在妳的臂膀
妳的臂膀給星辰哼著搖籃曲
詩中的辰星是我們最可愛的孩子
有些俏皮　像妳
又總是沉寂　在我的思念裡
屢次妳曾在我的臂膀裡慢燉
一味過時的格律
是一種惦記
又或是一首歌
忘了換氣
助於我們分享許多
愛情擁著窒息的恐懼

入秋以前

為我織了條圍巾
妳想要暖和
一季負霜的藤
被妳牽著會淌淚

妳說會在風起前
風乾作夢的汪汪
汪汪是不敢在人前流淚的大洋
以愛之名將本我往低處埋葬

然而我願作彤霞
鮮血漪瀾在妳懷裡
即便困於一句不成詩的
訛錯　也要趕在入秋以前
白熱妳的歸途

把自己浮貼在窗檻上
示以最慈
愛的凋亡

朱建豪

中央大學哲學研究所，1993年9月14日出生，從小大到大看了上千本課外書，卻連一本教科書都沒有好好看完的偏食孩子，在週遭同學都把《流星花園》和《終極一班》的演員當成偶像的童年時期，我便非常異類地聲稱自己的偶像是李白和羅智成，於是在創作古典詩和新詩時，總想循著他們走過的足跡俯拾而上，但我也渴望有一天我能夠從他們的肩膀一躍而下獨自地仰望星空，並且為思想的側翼騰出一片空地供他人登高遠望。

不能再踏入第二次

　　我喜歡
　　春寒料峭的氣氛
　　那是冬末春初的季節
　　空氣中夾雜融雪的微寒
　　亦有輕颸的乍到

　　「這可真是自成一類的浪漫啊！」
　　可不是嗎
　　不　　這可不是
　　不該成一類　　不該再有
　　一類
　　是智人的怪癖　　是理性的惡習
　　全讓觀念化成木乃伊　　卻美名為知識的大廈

　　我喜歡
　　交替之間的轉換
　　那是混沌期間的俄頃
　　彼岸間夾雜各端的色彩

亦有存在的位格

「這可真是特立獨行的浪漫啊！」
那就是吧
就　讓它是吧
就讓我獨行　被標籤的
獨行
是自由的假象　是寂寞的表象
全讓孤獨化成庸俗　卻美名為自我的追尋

我喜歡
踏雪尋梅的時刻
那是永不出現的反覆
直觀中夾雜質料的分類
亦有永恆的活火

「這可真是歧義的浪漫啊！」

王群越

20歲，雙子座的天真爛漫，目前就讀台灣大學會計學系，佛教徒，同時是積極的因果論者，星盤顯示：命中注定樂觀到令人困擾，曾獲一些小獎，不足掛齒，只希望能用文字，創造出此生最大的價值。

浪子回頭
──台語文化之存亡

金曲獎，我們掩著面
思緒匯入乾涸的流域
那時同文同種是一款浪漫，在異鄉
語言比宗教更值得皈依
我們在彼岸耘滿鄉音
任其被海風曬成雪亮的未來

新時代，麒麟瀕臨絕種
天擇則成為主流
再如何宕然耿直的鐘磬
也要任人撫拭灰塵
遂以集權，以紅色或白色
把口音截彎取直
從此少了激流的奏鳴
熱帶平原，僅剩黑白的四季

如今，年老而腰痛的文明
難於再次起步
縱橫四百年的特有種

豈是一紙保育法條所能拘束
圖騰失去靈魂貶值成
紀念品，孱弱地張牙舞爪
藉著聲韻學、次文化和選舉
在都市叢林裡試圖再建構信仰

浪子雖老，但天色還早
沿著獸徑緩緩回頭
我們奮力把唇舌燃成火炬
煙的盡頭，海風會再次拍打寶島

謝銘

謝銘,台大中文系,情人節降生地球。深深認同「每首現代詩自成格律」的說法,於是喜歡用L夾放養詩作,直到它們自己豐滿。

一名中產階級的日常

沒人能夠阻止他（包括自己）,把Four tet的〈Daughter〉
和熱帶雨林進行聯想。沒能聽懂的語言,依憑著節奏
反覆摺疊而立體,在異國情調的迴廊
引領他探究聯想的意義

「可能是音樂營造氛圍」
卻也不能排除身下的毛毯
讓他沉醉在濃密,還有植物應當具備的柔順之中

然而絕不可能是窗外的雨的氣息
一如小說的文字從生活而來
所有發霉與淋濕將探著記憶來訪
他會被綑綁,帶回島嶼北方的座標

所以才在冷氣房抖落了一身梅雨
讓思緒蓬鬆地
降落在那艘沿亞馬遜河順流的木筏
——說音樂帶他漂流

卻也不能排除躺在床上的時候
刷白的天花板擅自從潮濕幽暗的熱帶雨林中
映照出愜意與柔順，就像小說的文字從生活而來
誰也無法阻止一名中產階級的幻想

彭梓華

筆名赤弦，就讀國立政治大學廣電系。

未來的未來

在未來的未來
我們都長大了
細數著那些日常
每一張照片
都是絢麗的劇場

你說
再用心砌好的沙壘
也敵不過時間浪淘
是的
正如昨天醺醉的他
今日又打響了卡
看著窗花甘露
方了解
那是細水長流的美

在未來的未來
也許你我都一樣
一路跌跌撞撞
說了太多荒涼的戰場
才懂得甚麼才值得珍藏
直至黃昏的落霞

林琦萱

目前就讀羅東高中三年級，羅東高中青年校刊社退役總編輯，曾獲第十一屆聯合盃特別賽事好讀找好文大賽散文組高中職金獎、第五屆龍少年文學獎優等、《TC北市青年》第25屆金筆獎高中職組新詩類第三名等，詩作曾收錄於《野薑花》、《華文現代詩》、《葡萄園》、《台客詩刊》。認為詩是巨大的粉色泡泡，並總在幻想自己是個潛力股。

保存溫度

是什麼溫度決定是你
以什麼樣姿態
行板的生活安插
小小的合適的位子

那裡有你。
激吻唇齒擦迸
未曾過時的花火
赤膊綻放
定格落入福馬林，層層膠封
（我們都知道活性使意外頻繁）
夏夜裡迴避熾熱
仍恣意自指縫蹭入

這時我們都還年輕
——是真的年輕
還能記住背脊上星星的位置
或轟烈燃燒白晝

乾脆合而為一
沒有距離

我們泅泳於保鮮劑
光陰、地理及其他
一切都會那麼剛好在
人體溫度，37℃

於是千億年後我們都還很年輕

北部讀詩會

中部讀詩會

周駿安

1993年出生於基隆，中國醫藥大學中醫系畢業。

作品曾獲得師大附中火鳳凰文學獎、全國中興湖文學獎、台中市果情花意文學獎、全國醫學生聯合文學獎、飲冰室茶集年度詩人獎等。

於我而言，有「失」才有「詩」，無論失意、失戀或與人失之交臂，這一切的一切都成為我創作的題材，唯有真正理解有些人、事、物，是完全失去了，惶惶然的心才能安穩地坐下，靜靜地寫一首詩。

鐵與感情

　　鐵是否
　　是否像所有堅定的感情
　　需要時間，耐性
　　無數次磨合方才鎔鑄

　　所有感情是否
　　是否都帶有鐵的成份
　　因時間而容易生鏽

冶煉十三行

　　我曾經和妳來過這裡
　　任流光緩緩　加溫
　　反覆敲打、冷卻
　　成為人面陶壺上
　　兩條金屬性的繩紋

周駿安

繩紋交錯　圈起一個圓
讓我以為貝殼會一直堆疊
堆疊得比河畔的山　還高
千年後　卻只有失靈的羅盤
想起生鏽的遺塚

我曾經和妳來過這裡
如今只剩寂寞的鐵匠
冶煉　十三行

黃金語[*]

風鈴輕輕掛起，流光
平淡，細微的聲響，又穿越
煙霧一樣的假期，那年
我們其實都是知道的
卻一次次裝傻
矜持模糊的香息

如今重回這裡，探手
向花，像第一次，我探觸了妳
感受一串串柔軟、複雜的心意
彷彿妳仍在樹下，仍在期許，彷彿
所有花都是言語，抬頭
就能承接妳的聲息

中部讀詩會

妳的傾訴是否會長於整座夏季？
當滿樹金黃搖落，明確地
我知道自己又更接近了妳

*阿勃勒在五月初夏盛開，滿樹金黃色花，隨風搖曳如雨落，所以又名「黃金雨」。

胃病

說有什麼也沒有
就鯁在那裡
任明天消化今天
昨日奔豚*於喉
許許多多梅核**的往事
嘈雜於胃
湧不上來又吞不下去
卻燒著心
需要自己捧著

*奔豚：是指病人自覺有氣從少腹上衝胸咽，如豚之奔突，故名之。
**梅核氣：是指咽喉中有異常感覺，如梅核塞於咽喉，咯之不出，咽之不下，時發時止，無以名狀。

※鐵與感情　　　（2015.06／煉詩刊）
　冶煉　十三行　（2012.12／創世紀詩刊）
　黃金語　　　　（2015.05／中區藝文競賽邊走邊看輕旅行首獎）
　胃病　　　　　（2017.10／聯合報）

黃雅哲

1993年生，新竹通學苗栗人，風球北部讀詩會總召。想要趕快把自己設下的一百首怪談詩寫完，可是懶起來無人能擋。任何破繭而出的，都會擔憂自己是不是蝴蝶，畢竟沒有人記得毛蟲時的模樣。

完全自殺手冊

【1.序】

別錯認懦弱是逃避的旅伴
世界的邊緣上，入境的憑證是勇氣
往一切終局的引領──
如同這本書的內容
教導你，如何將每段勵志的言語
正確地誤讀

【2.生火】

塞緊所有縫隙嚴防漏風
微熱的柴火陪伴失溫的我
眼皮與光亮一同沉重模糊
不慍不火而有足夠的煙，足以
在野獸環伺的夜裡
保有酣眠的尊嚴

【3.滑翔】

重新遨遊於天際，回憶
我們還未成為人以前
如同一顆失足的隕石

墜落在母親的子宮——
飛鼠裝能幫助你更好地練習
但記得，正式上場時務必脫下

【4.結繩】

能放下的記不清楚
放不下的幸好還能結繩記事
提供死結的十數種方法
每種都足夠堅韌

足夠懸掛你
的決心

【5.井字棋】

臨時找不到白紙
尋求同樣發白的手腕代替
緊握鋼筆蘸出紅墨水
第一筆圈圈下在哪裡並不重要
訣竅無他：用力——
你就贏了

【6.結尾】

這是一本工具書
也是一本哲學
所有熟練的終點
皆通往同一處無垠
問題的盤根或許再難梳理

但你終於懂得如何解決
問題的中心

洪國恩

1991年生於高雄,現就讀中興中文所,職兼曉明女中藍墨水文藝社、彰化師大絆詩社指導老師。曾任竹大窺詩社社長、新竹女中沂風文學研究社、東海大學同創社指導老師等職務,Facebook:Kuo-en Hong。

作品曾獲金車短詩行、文建會好詩大家寫、中興湖全國徵文、馬祖文學獎等獎項肯定,亦偶見刊於創世紀詩刊、笠詩刊、台灣現代詩、好燙詩刊、乾坤詩刊、四十五度、海星詩刊等各大詩刊,著有短篇詩集《隨擬集》。

冷語

路燈睡得正沉。陽光
拉開窗簾,細數黏膩的指針
你衣領毫無自覺地沾上徹夜的狂熱
或黏上了些嫣紅的擦痕
夜半扭開門、收起鑰匙的喧囂聲
現已消瘦成一個獨裁的吻

(你開始學會說謊,而傷口
從來都需要豢養)

因而戀棧起海的淡妝
託運的影子被來往的車水馬龍
輕軋成難堪的輾轉反側
於是我挑起眉尋釁,並捏緊
孤傲的高腳杯,鮮紅的勃根地卻
漸冷。

（海灘上，兩道向前的腳印
卻只有逆行一痕）

玻璃碎成雨，而你
曾經的心跡被時間輾作了泥
躲進深夜的雙人床
一半平整，一半卻凌亂著
試問誰能夠從斷續無章的收音機裡
聽見貓躡足的聲音？

只對你說

一、
摘下孩子通紅的
臉蛋，拓印春天到來
的消息

二、
寫張短箋給你
趁你退潮時摘一顆流星

三、
解開碎花洋裝
讓銳利的話順著膝蓋
落下

四、
別擔心，我擅長下雨
填平我們之間
龜裂的鱗

五、
偷偷跟你說，呼吸
如果越輕
就越能長出一片森林

空城

寫定窗口的天色
邊角的瓦片像是墜落的星辰
殘酒終究褪色
夜雨曾落上窗台的痕
渺小的人
在空曠的房間纏成
一個又一個蛹殼

默數天空加上的色調
乾裂的唇只能讀取
雙人床的水聲
風扇切割著痛與愛與一些規則
恍惚的混沌的用一種殘忍
撕開黏緊身體的

洪國恩

濕衣，坐落在彼岸島嶼
的鮮紅灰塵

與煙花漫談入秋
的樣子，如同我心逐漸的冷
等待月白風清後能得到
永恆的沉寂
再不願敲響鐘聲
流謫的信墨漬未凝
只適合蟬
以及失去故事時的悲鳴

藍羽希

畢業於文藻外語大學英文系，台中人。現職英文老師。得過葉紅女詩人獎及中市梅川文學獎。認為詩與生活的構連，一如語言似滾滾珍珠傾巢而出，享受撿拾與串接之樂！美的表徵和內涵需重量一致，「詩」織就了這片衣裳，讓穿它的人都飛向天堂。

英倫印象

紅色的公共電話亭
緊捱著十字街口
是攝影機的頭號敵人
緊掩前來的矇面者
角度分鏡：
柱型垃報筒、地鐵報紙、黑色古董車，
一個男人戴著紳士帽閃進電話亭
傳送片刻當機畫面

當雙層巴士呼嘯而過　轉彎
亮麗的紅色點綴夜晚來臨前的酒吧
人物都立體了　被優雅放下的菜單不曾注意
燕尾服、花褲子、硬衣領、白襯衫已成為世紀的過客
維多利亞時期的歌德式建築仍矗立
噢　愛之天使你就是我的Eros
射出著皮卡笛里圓環的光芒
因著攝政王子的庇蔭　牛津街依然狡猾
百貨化的名牌衣飾　透過Liberty's及Hamley's對我招手
迷幻Floris乾玫瑰花瓣及白蘭花香
我站在昔日的伯林頓拱廊　可還嗅吸

康河拱橋形而上
18世紀末，由國王與邱吉爾書院開始接受女性申請開始
直至19世紀末格頓劍橋女性書院
The Brontës，Agatha Christie，Virginia Woolf，J.K.
Rowling
從簡愛、傲慢與偏見到哈利波特
我搖旗吶喊的優雅、現實與魔幻
沿著三一學院出走，牛頓等諾貝爾得獎主召喚
緊鎖著亨利八世拓荒者的莊嚴
划行於
紅土與人造磚　劇院與鐘擺
敲響擱在喉嚨喉的吟唱
我渾圓飽滿的心跳只有你知道
絕美的夜晚今日是寶藍色的
如水一般的夜
自燭燈中緩緩起飛

聽說青春曾來過

在訴說火星文的晚上
你的語言很歡樂地將我舉起
隨之輕拋在星子華麗的岸潮
我的長髮遂攀上一副礁岩
沿著浪頭　乘著貨輪鳴笛
襲捲了下雨前的閃電　來到這裡
躺平　像沒有雜草那樣

我沒有家
家是塔台是月光是海鹽還有我們輕飄飄的夢想
如果家是歸屬的城堡　迤灑城門與石壁的月光便曾榮耀
多少歸人
流星劃過 一如星星隕落
少年踉蹌梯檯　校園頂樓
曾經癡狂吶喊　風與啤酒
載不動胯下運球的威風

醉意醺然的子夜
少年的機車失速追撞闃黑的夜
驚醒另一頭警報器或警察

而失落的那一夜
你可曾因為衝撞桀傲的高牆而達到了所謂的天堂

顏誌君

現就讀東海大學社會學系研究所，風球詩社詩展總監。

冰淇淋之歌

我在冰淇淋的頂端
眺望兩千年的甜蜜
遠方的潮浪，隱匿
一座山的雛型

黃昏，我們回憶甜的滋味
水面被夕陽宣告
臥倒的山勢
迷人的戀曲

倒帶

清晰的一句暗示
讓我們之間佇立的
情誼，有些褪色
焦躁不安

若能時光倒流
妳仍會
領取我
一封封的取悅？

想靠近一點

我們所扮演的
是寧靜午後，還是
歌聲高亢的時候

每當想念藏在
墊板下　桌上的原子筆似有
挪移的痕跡
我仍測試著彼此
呼吸的頻率像
瀏覽星座運勢的心情　想把
相關的部分放進回憶裡

微塵

如果，有天光影
闖入海潮，戳破暗影的
迷障，微塵會以什麼姿態
表達

郭逸軒

國立屏東教育大學應用數學系碩班畢業，目前就讀國立彰化師範大學數學系博班。
「穿梭在文字與數字之間」，擅長以情詩為主，在這世上只為尋找一首更美的情詩，
相信每一人都應該要有屬於自己的一首情詩。最喜歡的詩人是楊佳嫻。個人著有詩集
《女兒絕對不是父親上輩子的情人》（2014）。

不遠

橘子皮風乾櫥櫃內
心漸漸上了鎖，用防風、桂枝
以及妳的愛
打落在緊閉的紗布
親密地蒙上雙眼

煥然生命中不熄的意義
也許就那麼近
也許就那麼進
進一步
躲躲藏藏的身影，總有
收編在序列不停奔馳的心血
一天
相信會有這麼近
相信會有這麼進
進一步

走一步
再走一步

再遠一點，便是永遠

北方海中，鯤
飛一浬
即是搖身一變
萬里不拒
問妳不遠

大美人

妳的呼吸聲融入我耳裡
花草間盛放
交錯在時間有想像力的
一種優柔寡斷
毋必尋念
仔細翻閱我想妳要的
飄雪和演練
妳搖曳地轉載
一絲絲的夢醒過來
驚見
　　一撇
八字神魂飄蕩，是我
從來未曾想過
時間有多久
我又將它全部擦去
顯然
　掌心

　　　媚眼
　　無名指
　　　　　小腿
以及，蒙住眼睛後
玩一場捉迷的遊戲
妳的部分躲在
我見不到的場所
是涉險踏入
妳，留下的信息
長髮縝密的面容

明顯已讀

你的嘴角有唇印

洪冠諭

1991年生，台中神岡人，目前就讀於逢甲大學中國文學系碩士班。覺得每週都要看完兩部電影與一本小說，是大雅錦城的常客但也常常逾期被罰錢。覺得每天都要喝兩杯熱拿鐵咖啡，想吃遍全台中的咖啡廳，然後都寫上一首咖啡詩。覺得每週都要攝影新地點，想攝影全台中的美景，然後都寫上一首攝影詩。夢想是成為很厲害的詩人。

雨天

躲著雨的午後

世界縮短為小小的一個

句點，將我們圈住

一條一條雨絲像兩條

沒有交叉點的平行線

各自敘述不同情感的過往

在屋簷敲打變奏的旋律

將回眸的側臉

細雕成冷漠又陌生的未來

等陽光將雨後的一灘

一灘憂傷蒸發

往天空作畫

書桌上逐漸冷掉的咖啡

淋濕的日記等待

曬乾後用歲月的重量

壓平那些皺摺

糧食自給率

洪冠諭

水寬容了萬物的歷史，神農氏發明
耒耜，教授灌溉的史詩
我們的根漸為扎實，將白日夢化為
養分，以地瓜稀粥暖和
某天某刻的微笑
即使掩埋甚久

在樹蔭下聽著阿嬤的
秧歌，直到座位開始
寸金，揹起背包爭一席
糧食分配的號碼牌
或許是個關於氣候的
遊戲，因你手中的股票
待漲

他們將大麥和稻穗煉成
金銀島，將農舍進階為
歐式莊園，夢幻的足以鎖國
自治，以排泄水做經濟
外交，灌溉虛擬的
開心農場，不須赤日與
汗水

我們被迫挨餓，尋一個未被研磨
成仙丹的殼，在M型的底部

生根，循著浮洲合宜住宅的裂縫
緩緩避開外漏的陰謀
當半百的儲蓄成了隔江的
落定，於高漲的洪流
學水草波浪的換氧
我們都是不斷測試與更新的
防毒軟體，在失眠的噩夢中
歸根

黃予璿

就讀於國立中興大學中文系，曾籌備全國青年文學營。曾獲文化部電影原創故事徵文二獎、海峽兩岸漂母杯文學獎二等獎、愛詩網好詩大家寫佳作、全球華文學生文學獎佳作、全國暨海外教育盃電子書大賽第四名、幼獅文藝微電影給個微微看法徵文佳作、教育部海洋文學營文學創作類佳作等。

木偶

撿起了散落在森林的碎木
用冰冷的金屬刻劃五官
在虛無的靈魂還尚未塑造
而現實沒有侵蝕孱弱肉身前
讓心思保持單一

於萬化的紅塵裡
試著遵循著造物者的指示
用一臉毫無變化的微笑
來去看待悲歡離合
還有那些無可避免的空虛

於是最後我們也化為木偶
用冷漠來去看待四季
最後慢慢散落
變成光影間的歲暮

預言

用既有的公式計算，這個人生
會遇到的生命週期
從不會改變的常數裡
得到自己想要的規劃，進而
讓此生不再迷惘

於是試圖預測未來，用理性
來去推估每種人間的可能
在如同大海的公式群，每個決定
好像都保持著穩定的物象

在定局得以定義
而預言隨之成真的剎那
降臨了所嚮往的香格里拉
但我們卻毫無自由

瀝青

從地底深處把黑暗挖出，萃取
城市內不可或缺的成分
讓滾燙的心思
烙印在這揚著風沙的路途

我們的愛就像瀝青
那樣混濁而又懷抱純粹

在單色的情感中
試著從各自找到自我
成為這世間的一角

於是我們昇華成永恆
在瀝青尚未乾涸，而悸動
還存有一絲生機
吐露最後未了的心聲

我們都是這世界的一粒沙

我們都是這世界的一粒沙
從岩漿那靈魂深處湧現
慢慢匯聚最為純粹的初心
流淌至紛亂的紅塵，在心寒之際
被造化塑造成一顆石頭

我們都是這世界的一粒沙
在成為無機的硬物前
漸漸被刺人的挫折洗刷
變成圓滑但毫無主見

我們都是這世界的一粒沙
在最後因為湧出的情慾
破壞自我
成為至大空無

陳冠綸

22歲，彰化人，勤益科技大學文化創意事業系。

認為文字是唯一可以拯救自己的東西，詩是療癒的寵物，喜愛一切與文字有關的知識與物品。

107年9月以陳子寧為名，獨立出版第一本個人詩集《島嶼》。

愚人快樂

用驚嚇曖昧
加上一點酸味
裹上善意的糖粉
送給你

最善意的惡作劇
並不真的希望你討厭我
一如你不會真的
吞下我的糖果

你面露厭惡
將我的曖昧吐至掌心
而我也的確
換到一計甜蜜的毆打
我這樣的一個愚人，快樂

療癒系童話

可不可以讓我早點遇見完整的你
不用虛度時間包紮過去

陳冠綸

困在骨折般刺痛的黑暗中
夜長的你夢沒有多
躺在冷白的思念上
我慢慢來了
順著你枕上爬滿躁鬱
來了

擁抱時小心摩擦傷口
好奇時切忌揭開空洞的瘡疤
記憶還掛著點滴
你還是乖乖聽我說話：

在很深很深的夜裡
有個樵夫來到一棵樹下
樹上滿是傷痕
於是他坐下來
等樹倒進自己的懷裡

※本詩於2018年入選「第七屆全國技專校院青衿文學獎　新詩組佳作」

愛上一個人

就像穿睡衣
你也許會嫌棄我的品味
但我只求睡得舒服
做一個好夢

溫柔鄉

指尖留不住長島冰茶
讓我睡一下吧，閉上眼後

整座星空亮得剩下你
騷動的寂寞
吞不下月亮滴落的睡意

我是躺在信任裡的貓
抽動的鬚
慢慢蔓延至你最天真的角落
我們在不安的霓虹中交織成
無限延展

時間無限延展
在你懷裡認識溫柔
而最好我們都不要看清彼此

親壞你之前
先親爛酒瓶

吳昕泅

筆名胡研，就讀靜宜大學中文系，現於風球詩社擔任高中詩展總召。貓奴、最喜歡的科目是生物。獲得系內國語文競賽新詩組第三、散文作品曾刊登於青年日報副刊。

光

　　總有令人焦躁
　　如突然驟雨
　　日還沒有淡下來
　　朦朧落在樹
　　落在我的眼睛

　　你是逆光的塵埃
　　拌著水絲，溶在朝陽的霧
　　一點、一點
　　打在我百無聊賴的長征
　　口說無以安慰
　　無所謂

　　每一首詩都是寫給你的最後一首了
　　我聽完
　　決定不矇蔽自己
　　天空太灰
　　而你終要暗淡無光

　　我看著你忽明忽暗
　　也要從心底滅了

當初，偷了跟你一起的時光
不屬於我
始終要還

林德維

玖零年代末生，喜歡一點棒球、還有一些文學
但深信文字是唯一的救贖

長青給的筆記
──致李長青

我是一名不誠實的詩人
總是把自己的夢境寫的很有意義

我其實居無定所
漂流在遠方那座看不見的城市
時常為了鄉愁而嘆息
漫天的風沙
讓我遺失在這座森林中
坐視著璀璨散列的星群
今晚的夜　很濃很濃
在那之後的夢　想必很重很重

終於現實引領我走向隧道的出口
在那裡
與一名中生代詩人
有了一場意外美麗的邂逅
可以在人生的地圖上
寫下一篇
給他　給我
或者是給世界的筆記

鄭李宣頤

中山醫學大學醫學系一年級，台東光影詩社社長。

長途

醒來的前一刻，看見
北方清冷的長浪之地。天空
暗紅一片
遲暮的星子尾隨而至，船是遠鷗
一樣自由的動物

此地，他得知自己
是流浪的人
搖盪的陰影之下，他知道自己沒有
直視銀河的眼睛

我在南方看見
永恆靜止的黃昏
那裡的河傳遞無盡燭火，沿岸
趨於乾燥。沒有承接落雨的土壤

醒來的前一刻，我在遙遠的岸上
目睹疲憊的人脫去船的外衣
水流牽引著他──如牧童牽領
一群溫順的羊

他薄弱的雙眼緊閉。
落日下，他是乘著木筏的
沉睡的軀體

（當火光在
黑夜的窗前
噤聲不語地熄滅——）
我翻過身來，彷彿看見那場
荒涼的長夢

那薄哀的星火之河
將燃未燃的木筏
醒來之前我
看見那流浪的人，躺臥其上
以顫抖與生澀的吐息
想及若有人
自某處遠遠望見

中部讀詩會

南部讀詩會

曾魂

本名曾思朗，一九九二年生於香港，畢業於國立高雄師範大學國文系，曾獲西子灣散文獎、兩度南風文學獎首獎。致力文學創作，並兼文案策劃、演講、其他創作等。現為自家文創品牌之策劃人，與【孤魂野神】文學沙龍系列之主講人。作品散見於詩刊和報紙副刊，以及各個網路發表平台。著有詩集《剎那如何是神》。

臥擁煙灰缸未融的浮冰

離開那家店以前
牆縫眨了眼，保持緘默
鸚鵡複述了幾次
黑色信函的來歷和署名

唱遊人用訕笑醃漬的酸爵士
贖回半瓶蘭姆酒。你恪遵
訣別的禮節，把字符吞嚥
銅鑰投進粉江湖

葛羅瑞亞的腕錶裡
那尾金摩利迴環追逐
殊不知每個刻度
是無可竄改的古碑

她推滾著桌上旅人蕉的種子
信誓之丘，幽然積疊
斑漬在指關節
儘管像守祕者的破綻

你們所願所能
臥擁煙灰缸未融的浮冰
懸浮地燃燒與吻合
直到癮促使消失

旋轉記憶的彈巢，扣壓扳機
你倖存且終究窺見
六個膛室其中藏有並非
一枚宿命。更多或沒有

離開那家店最後
燈下的路撕成兩段
前段，如裙角飄颻
後段靜靜黏附於靴底

已是：一個充沛的盆栽

沒有甚麼
比較不需要美的
餘生需要光
毀滅需要勇氣
我說：「要有光。」
就有了光
桌邊漆黑的荒漠
不甚漆黑。在燈下
的意境畫地為圈
光合的祕事重複作用

墨水往地心暈化

汲自己的血，自給自足

養裸色的喜悅與傷痛

已是：一個充沛的盆栽

然後一分一秒靠近枯竭

如龜裂的眼淚

每次告別，都是一場漫長的儀式

又是另一種凝視

重要的是

我一直死去

我一直沒有死去

施傑原

一九九三年生，台中神岡人。二〇一五年春末，誤入現代詩的叢林。國立屏東大學中國語文學系畢業，現於國立中山大學中國文學系研究所就讀。台灣詩學‧吹鼓吹詩論壇版主，風球詩社南部讀詩會總召。作品散見於《吹鼓吹詩論壇》季刊、《野薑花詩集》季刊、《有荷》文學雜誌與《唯美微型詩》。

瘧疾

鱷魚綠的蚊香
置於圓形鐵盤裡燃燒
焦黑處已難以辨識
碳與屍體的區別
焚香是否可以驅趕蚊蟲
又不傷害人類

蚊香色外皮的鱷魚
則有傷害人類的可能
即便爬蟲類屬冷血物種
流淌的顏色卻與我們無別
像汩汩烈焰
棲於圓形球體裡燃燒

難民

裝帶著餘生
自北柴山一路往下
逃至文明的邊界

此處沒有長城
沒有柏林的圍牆
汗水卻於眉上思索
能否越過北緯38度線

死去的礁岩矗立水邊
除了留下戰地的照片
手機只是能刻字的墓碑
昨日在後，明日在前
我們卻僅有今日
懸於夕陽般的無形之線
海鳥眸中無名的邊界

如果時間也會老去

滿覺隴，兩座山間的村落
太陽不經意瞥見之處
較兩個車身寬的唯一道路
也許標誌著當地人
從出生至死亡般地通透

時間趨於靜止
我的思緒如光速
穿過這條必經之路
以異鄉的指針忖度
季節遞嬗劇烈
或因他們走得緩慢

施傑原

夜裡，枕在時間的脈上
諦聽村落的聲息
脈象很穩很平和
像沉浸在熱水裡的茶葉
舒展，脈紋如星宿
諭示此刻的節氣
我已等不到桂花的雨季

初春的霪雨留在昨日
眼角有今晨的飄雪
雨刷發出老式火車的聲響
向漸次於後照鏡裡消失的道路示意
清晨六點：時間已行於膏肓
將離之際車速太快
我仍拋錨在嚴冬的雪域
裹足不行

※註：滿覺隴，轄於杭州西湖。古以膏為心尖脂肪，肓為心臟與隔膜之間，膏肓
  則是藥力不及處。

范容瑛

嘉義人。現就讀高雄醫學大學牙醫系，現任高醫阿米巴詩社社長。

攢些地方或校內文藝獎的小獎，第八屆桃城文學獎新詩組第三名，高醫文藝獎新詩組首獎，高醫文藝獎極短篇小說組首獎，高醫文藝獎散文組第二名。

喜歡貓，卻對貓毛過敏。喜歡文字，卻害怕自己產出的文字長成傷害人的怪物，小心翼翼地更加溫柔善待世界。

失
——記2016高雄果菜市場

我是一位失語的遊子
車龍試著縫補白色公文的皺褶
拙劣針法咧著嘴對我齜牙呼嘯
而我回以比靜默更安靜的
呼息，我是一位失憶的過客
典當祖先從記憶光廊深處
投射而來的遠遠目光

怪手敲碎一夜的流星
爺爺曾經指著比劃訴說的星空
老祖母哼著民謠小調
撫觸過的屋舍在靜坐後被撕扯
嗅聞市場的吆喝
索求蒸發無幾的蒼老腥味

我看見一位老人
面孔似曾相似

單薄衣板卻撐不起的肩胛骨
好像只撐得起泛灰指尖緊扣住的一張老底片
頹頹然散落過於清空的人行道
散了一地，忽然顯得擁擠喧塞

我看見一位年輕人
砂石吹過長髮垂肩
緊緊握住老人的掌繭
以及，匍匐青筋脈動著的時間
彷彿彷彿他就要看到
點點星光被染成老照片裡
黑白的巷弄旁人們
眼中的藍天白雲

我是一位失語的遊子，失憶的過客
想起似曾相似的那位枯瘦老人
在母親夢境的最最深處
像這樣的微涼秋夜，夾起醃漬菜脯
餵哺這巷弄裡的土地

林宏憲

來自高雄。就讀佛光大學中國文學與應用學系研究所。曾任系學會會長，機車研究社顧問。曾獲校內現代詩首獎、優等獎；小說獎首獎；散文佳作；圖文創作獎佳作、中山大學西子灣一行詩獎佳作、超新星文學獎小說獎候選人。目前為風球詩社社員，入社已一年。曾參與過風球文藝營、福爾摩沙詩歌節、母親節主題詩展。最喜歡的一句話是佛洛伊德曾說的：「抽菸是必要的，如果你無人可吻。」

如果我老了，你是否還安然無恙

不如就一起搬出魚尾紋
或許，太習慣被許多事情堆疊了吧
眼角也就漸漸地
養了一條魚。

它的出現往往
是被吹碎的浪
終於
凝成一場午後陣雨

還記得那陣雨真大。
那些等待雨停的背影
地平線永遠
欠他們一份好消息。

唉──

不曉得。
那些漣漪，抵達
彼岸後
是否安然無恙

__與__之間

「救救我。好嗎？」
我想你會說：「_____」

如果答案是一種坦然
難堪所造成不自在的你
與我答辯的過程中
我想問：「你是誰。」

答案的符號不重要。
口氣也不重要？
你可以拒絕回答甚至理直氣壯
但是你不能否定的是，
你正在與我對話。

寒暄過後

你察覺我手心裡有一片散華的玻璃
我說那是宇宙

蔡宗家

1996年生，台南人，國立台南大學國語文學系。曾獲第九屆、第十屆、第十一屆松濤文藝獎，以及第五屆喜菡文學網新詩獎推薦獎。自認為寫作是一種告解，是一種治癒，亦是一種信仰。但凡能走心的作品，其作者所抒寫的必定是無限焦慮與悲傷驅使下的產物。其作品散見於各詩刊，並曾入選《青年詩歌年鑑》。現為風球詩社社員。

生之靜物

> 「在敘利亞，每個故事都是悲劇告終。」
> ——The News Lens關鍵評論網

親愛的Omran，請無須怯於祈禱
將你孱弱的手直指向君父的城邦，彷彿在讓渡死亡前
孤寂的眼瞼猶記得向靈魂告解向墳塚向利刃得以控訴
至少你有過一顆心是熾熱的，是因為
多少個滿月的日子以來有多少焰火突如其來
焦灼多少饑饉的臉孔與臕存的交談
但請無須怯於顫抖，親愛的Omran
雖一條久經風沙與彈痕的走廊
早已躺滿無數隻淌血的乳房
多張髑髏的臉也錯放於淨白的棺槨
但這並非加薩，亦非大馬士革
你憑著沉默的語氣挺立的傲姿
像是宣告生命的何時枯萎並非兀鷹和執槍者所能決定

遠處多色旗幟高升
而你稚嫩未脫的臉龐竟彷彿被野火灼傷的曜石

靜篤，安順，坦然
泰然自若如內心早已演繹千遍萬遍
這世界注定運轉的規則
滿佈悖德的槍管與失序的人心
親愛的Omran，請原諒我的怯懦無能
無從拭去你乾涸的臉孔上的灰撲，無從
將我內心的文明泉湧澆潤你無色的裂膚
親愛的Omran，世界的表層看似靜物如昔
卻仍有無數空洞的貪婪與仇恨
若我是你所思服寢寐的耶路撒冷
請讓我以病愛與救贖之名
以愛之名，為你褪盡傷痕
且用沒有戰火的回答擁你入懷

註：關於孤獨、疏離、沉默、死亡與絕望，恐怕是一道永無止盡的迴環命題。許
多時候，在這個時代面臨到最痛苦的，並非死亡，而是生者精神所見證的
消殞。〈生之靜物〉一詩即是予以傷者於讓渡死亡、褪盡傷痕前的一次關
於內在精神的辯證。余光中先生曾說：「文學的較高境界，是內在的獨語
（monologue），不是外在的對話（dialogue）。詩的境界尤其如此。」願
以「愛」之名，免去戰火，盡皆得以成為「生之靜物」。

不散，不見

像那天坐觀於遠方的換日線
意識裡，夜的黑翼蔓延如
無垠的憂鬱，詭雷與暮靄滲入
無聲無色試圖遮損誘人鼻息
暈黃眼色也雜以汗涔與暗香

而或許是初冬的眼瞼過於闃寂
早已習於絕域裡的疏明
只能在思緒沸騰時刻
與枕邊互磨時光的耳鬢

在你欲睡未眠的曖昧時刻
請讓我對你敘事抒情，且貼著耳廓
用我一貫微醺的口吻
（和帶有撩人病意的睡姿肢離你的雙脣）。而似是關於
一床棉被的輕縐也不足以容納
一根脫自鬢髯裡伏藏已久的躁動
（——想像你此刻仍未開口，糾結於寤寐之間）
在時間的心律上劃上刻度，拂曉前
或許夢的形與聲將不再需要追憶

是的，旅人即將啟程（自彼岸——）
恍若自瞥見黎明的髮際線是假設
那晚紛葉飄動，世紀噤默
你依舊會如期步入我的夢裡
用那浪蕩的日影，自髮梢
一路喚醒此岸蘆花白頭
以及芒草及膝的水之湄
然後告別以滿園
抽芽蔓生的足印

是的，旅人即將遠行（自彼岸——）
彷若自夢囈虛實空相的漂木是假設

我們能在適宜的溫度裡重新
道別，在未達發霉的溼度裡
交流眼神交替形智交換語境
直到死亡越界前未竟的語句
冗長得再不能斷句和分辨你我
於是乎與其盤算散落一地的菸蒂和髮髭
不如讓我輕撫這無色時刻下
無罪推定的別離
附耳對你說

蔡宗家

張蘊華

1996年生,雲林人,國立高雄師範大學畢業,風球詩社社員。

作品發表於台灣高中、大學巡迴詩展、2016福爾摩沙國際詩歌節水岸詩展、高雄旅遊明信片等。

喜歡雨。喜歡風。喜歡縱容,喜歡每個「喜歡」的瞬間。離開無際原野,暫居城市叢林。想念河道、陽光、稻穗與自行車,在漫漫旅途中尋找,更接近「我」的可能。

人魚

汭游至相遇之初
收集蔓延的回憶與
感情再等待等待。等
見面似乎比發聲更難
從前王子與公主何以愛得容易
漂流的瓶信到不了目的
無法並肩沒能探詢
僅能灌溉礁岩上的思念

我是喑啞的人魚
說不出愛,卻愛著你

有一種想念

那一種想念
是輕輕的
看不見摸不著
卻會引起過敏

這一種想念
是悶悶的
本子上的字跡
也跟著無力

有一種想念
我發呆著
想起什麼
又忘了什麼
心空空的

倖存者

孩子也紛紛暸悟了什麼
灰黑色的世界
光彩成記憶的錯覺
模糊的影，知道是你
卻看不清
還記得愛，卻已是曾經
都走了
為什麼
只留下我
徒勞的摸索過去
都不存在了
活著
有什麼意義

易采潔

就讀於台南女中（108級），吉他社社員。曾獲第七屆台南文學獎青少年組新詩第二名

失語症

　　久雨後統一天下的霉斑
　　啃蝕床畔仍牙牙學語的意識
　　並時不時掉一些
　　碎屑、很久沒有好好灑掃
　　左手香在風雨飄搖中振奮自己面黃肌瘦的
　　手，還有腳

　　悲傷偶爾會不自覺抽搐
　　成天與牆角斑駁的癌症末期患者
　　纏綿悱惻，依依不捨
　　屋裡散落衣物與對話框
　　我被督促要將他們整理，收拾好
　　繫一個粉色蝴蝶結分送給親友（叫什麼名字來著？）

　　我撿了一個「我很好。」起來
　　抓不住
　　又碎了

海棠

　　經不起驟雨的擁吻
　　我們都在鉛粉輕紗裡　虛應故事

花期盡頭的海棠是傾頹殘喘的
偽善者

一次次褪掉自己的顏色
袒露著胸膛　微微顫慄著恐慌
上天溫柔和藹地降下暴雨
是為我痛哭還是
放蕩著飢渴

漁光

大概也是這樣的季節
會把自己曬很黑
會不顧路途遙遠
踩著鐵馬以為可以到達全世界

朝很遠地方大喊
希望你能回應
於是風的聲音，我聽見風的聲音

一對腳印延伸入海
漁光點點的海灘
拾起心碎的酒瓶
我以為是你，踏海而來

帽子

避而不談的
掛在帽架上
窗外都是注視的目光

閃爍著
都是怯懦的星星
彷彿遙遠的傳說
獵戶座戴一頂帽子

避而不談的
掛在帽架上

邱學甫

就讀於高雄醫學大學。曾獲高雄市青年文學獎新詩優選、馭墨三城文學獎新詩佳作、散文首獎、創作者獎。

我有病。我從幻肢的羽毛裡爬梳出自己的真相,並且成為它,成為空無一物。他們首先發現了我的答案,最後發現我就是問題。身為一個問題,我很樂意被解決。唉,但那些解答沒有比較好。所以……要不要試試看我的?試試看。放心,我很健康。

失眠

緩緩臥床
以臥軌的姿勢
在睡眠的邊緣總有
靈魂碾壓的聲
微光透進眼的細縫
像是出血
妳有說話嗎
我現在不太想聽

未至

久持未開的傘
對著暴雨的預言失望
火光抖滅了
多希望是因為潮濕
眼看陰雨未至
不能說妳因雨不來
拖曳著過大的傘
我有滿城的風

揚起多餘的說明
沒有這些歪斜的言詞
關於雨的事情也能
墜地
比如六月等待
比如愛情
比如撐起一把空傘
不為陽光
為了內裡

夏天的盡頭是海

夏天留給海輕薄的吻
一封信寄到了底
回到風的手上
木麻黃搖動著許多影子
喜歡的人會開心起來
這是海留給夏天的臉頰
船會適時在上頭迷航
當帆愛上了海風
雨水吻在岸上
有的人撐著傘淋濕
而有人撐著自己淋濕傘
你仔細看
那些波瀾最後回到了夏天的海
而我也在裡頭打撈陰霾
信上寫著

如果喜歡是海
渡你過海便是我的愛

貓夏的我

夏隔著窗
陽光未至的時候
在沒有陰影的角落
妳輕輕躡我
收起六月的尾巴
柔軟的身子
生命的暖
妳輕輕躡我
然後弓身跳開
像是射中了什麼
就沒再回頭過
夏隔著窗
而陽光並不
我在六月的尾巴
被柔軟的影輕輕躡過
沒再繼續的故事
弓身跳開
像是什麼都沒射中

王信益

一九九八年元旦生,高雄人,長榮大學財務金融學系。IG:雨季裡的糖果。曾獲高雄市青年文學獎、全國台灣文學營創作獎。獨立出版詩集:《如果你在夜裡迷路了》(2018)
「為了學會愛自己,所以我努力讀詩、寫詩」

原諒我們的海灘無人能夠真正抵達

走無人的夜路
你撿拾路面
殘碎的月光
替枯朽的老樹裝飾
明亮的孤獨

顫抖的樹葉
都還醒著
星光靠你更近
掌紋裡的傷痕
把夜空擦得更亮

從前寫下的詩
是一場無歇的雨
你安靜如巷口的野貓
隱匿於時間的殘瓦
看憂傷如何在明媚的早晨
枯瘦成一根將熄的菸

原諒我們都忘了帶傘
原諒我們的傘只能是
憂傷與星光黏合而成的
原諒我們的海灘
沒有人能夠真正地抵達

王信益

陳琳

高雄人，高雄師範大學國文系，沉溺於海與創作與編輯，根是獨處。
曾獲高雄青年文學獎、高師大南風文學獎

關於

> 無聲的哭泣我已經很熟練了

> 輕描淡寫的勾勒事件現場
> 揀選不輕不重的感情
> 緩緩流淌傾訴
> 關於如何向無關之人
> 訴說無人在場的憂傷
> 諸如此類的種種
> 我時常練習

> 不著痕跡的溫婉笑容
> 那道彎曲咧開的縫線裡
> 學會追溯不斷噴湧的
> 悲傷的泉眼
> 像與自己輕輕對話
> 在泉眼之下有多深的裂縫呢
> 沒有人在乎

> 很多時候關於悲傷
> 不需要也不可能解決
> 任何相關都已經無關

何品萱

中山資訊管理系，常被誤認為中文／社會系，因為無法成為完全體（？而困擾。第十四屆台積電青年學生文學獎小說組優勝。最害怕的東西叫做虛無。害怕被愛。希望偶爾能寫出快樂一點的詩、結局不是悲劇的小說。希望時間能多一點，思辯社與學生會兩頭跑。

告別Limbo

夢醒遲遲
不願起身抖落
衣物沾染的香氣
就讓黃昏的幽魂繼續在窗簾
唱著小調的歌曲

睡意漫漶
陷落層層回憶
笑聲、花店外，兩杯咖啡未涼
翻轉的城市
我們仍玩著鬼抓人的遊戲
拋擲想望
向大海揮霍氣力
你說，有一天
要在真正的海灘
留下我們的足跡

不曾向敘事的極限靠近
我們，如此無畏

無畏，我錯詮釋為無所謂
於是你先循晨鐘而去
於是想望都變成灰色
沉積在海底
沒有光線能夠透進
共同構築的最後
只剩一人獨自看守
*我們的海灘終究無人
能夠真正抵達

倒數計時
Limbo不宜久留
我們的房子開始坍塌
但走之前
再讓陀螺旋轉
讓我於它倒下前
再次思念你

*註1：電影全面啟動中，指的是在未死也未活的邊境，無窮的徘徊的狀態。
*註2：無法找到最高和最低點，永遠走不完的樓梯。由數學家羅傑·潘洛斯提出。
*註3：出自雨季裡的糖果一詩〈原諒我們的海灘無人能夠真正抵達〉詩題。

洪靖翔

淡水人，成功大學歷史學系，目前著力的是報導文學、身分除了是學生、也是《Wu
Talk！台南在地誌》的主編。喜歡寫、喜歡聊天，致力於逃離台北、也致力於找一個
安靜自適之所，長久的待著。

純白

一抹白，於是
生有了去所
蒼焉然有了歸路

在踏過輪迴之門後，繽紛洗盡
終歸顯露那一身原有的孑然

南部讀詩會

東部讀詩會

曾貴麟

台灣宜蘭人。

曾任大學巡迴展總召、淡江大學微光詩社社長、創辦藝文誌《拾幾頁》、風球詩雜誌社主編。東華華文研究所畢業。

曾獲全國大專院校新詩組優選、淡江大學五虎崗文學獎新詩組首獎、全國學生文學獎、蘭陽青年文學獎、後山文學獎、台北詩歌節《多元成詩》等獎項。

有詩文集《夢遊》，2015年策展攝影散文展《25時區》。

貝阿提絲，我中途過的那隻橙貓

《不存在的房間》房間即是全世界，除此之外什麼都
沒有

「那是浮島上的草坪
不是餐桌巾
那是我精心施放的星星
不是夜燈。」

入夜後，貝阿提絲是孤獨學家
凝視黑暗直到搔出夜的毛邊
忙著與無形之物迷藏
他說，他正在獵捕「存在」

命名學宛如造物
存在是一盞燈火，或是一團毛線？
他沉默的雙眼與甲蟲對望
分辨活物與靜物、食物與玩物

萬物沒有生日日期
僅有存在的現在

他逐漸成年，落毛時節
處心積慮將我變做另一頭貓
揣摩相擁的姿勢
但帶爪的擁抱螫人
愛是嚙齒狀，人們都成了易碎品

我們被世界暫忘於此
他與我真正的主人尚未現身
但存在
存在於貓的耳窩
聆聽門外逐漸成形的世界
遠方的人會先領養我們之中哪一個

「那不是冰箱
是酒瓶、鮪魚罐頭和冬天的倉庫
那不是窗台
是明日降落的地方
明日，是他搬家的日子。」

貝阿提絲不在場的日子裡
想像他學會穿牆、開鎖
隱去身體與蹤跡
形而上巨大的尾磨蹭枕頭、床板

曾貴麟

輕微貓鼾已是最甜蜜的幻聽
令我的淺寐騷動不已

一本未拆封的詩集
——寫給東海岸線未曾抵達的行旅

該如何敘述一本失物，展現
焦急尋獵它的企圖
約莫是午後班次，第三車廂靠窗
放置座位前方網格
夾著零食、餐盒與旅遊指南

詩集名稱是個外國女人的名字
封面是半透明湖水色
陰影輪廓像哺乳獸類
長出幼角的鹿（為什麼不是水牛、土狗
或匍匐的孩子，誰有長出犄角的可能？）

備受期待已久，但尚未拆封的
詩集，被遺落在海岸線的列車
由於素未謀面
對於內文的無知，而變成
一本無限的詩集

是一位慷慨的作者嗎？
枝剪僻字，讓人清醒但別痙癒
除了自身的憂慮與病

可否也為我而寫
為一個許久未寫詩的人而寫
令疲憊的旅人，想起童年
書寫給山脈、斷崖與開墾的平原

為洩氣的觀光氣球而寫
為垂死的蝴蝶而寫
為夏至紛紛變做甲蟲的遊客而寫
列車在島嶼繞境，載往匿名的群眾
寫於洞穴、以及前方追撞的光明

你在搖晃的座位，一次次清醒中
看見海洋，默念出從沒見過的字句
像是隱除署名──但關乎種種萬物。

葉相君

一九九七年生。就讀於國立東華大學華文文學系。

斯德哥爾摩症候群

自這世紀遠望你
感受著塵世湧流
漫出我撐的那把傘
直到掌心的光陰浸濕了街心
我才抬頭仰望你

「即使從不開口輕言，我需要你。」

當我和你在風中凌亂
那些日子從不去思索為什麼天空總是陰霾
從未變得意念那般澄澈
我要裝作心不在焉的樣子
即使你笑笑
從我求生的意志裡走過

你順著我的眼角滑落，為我受洗
似乎是天生命定，你說。
我猜，你眼裡的朦朧非關人間風月
更不會有我想要的悲憫
你近來可好？我也不再問了
只要傘帶了，心懸掛在哪已然不那麼重要

親愛的，當你以光明替我贖罪
我便豁然清醒

請容我靜坐於你的窗前
因為離你最近的所在
是最遙遠的天涯
我口中的曲不成調
輕哼著無用的想望
凡是含淚笑望道別的
總是真實而沉默的等待氾濫

你的指尖在絲髮上點燃燈火
於歸去的路途揭示命運
無聲無息地
不停的落下
不明白上天的旨意
虛度了無盡流失的永恆

為你預留的光榮彈於我星球上空殞落
圓缺垂映、宇宙幻化
默默撫慰著緊扣的雙手
禱告沉入夢的國度後
有那麼一瞬間活成救贖
我遂從容
向你輕聲問候
以為，你是我永生不可抽離的
末日信仰

蘇楷婷

量產型新詩創作者。
喜歡新奇不平凡的人事時地物。
目前就讀東華大學華文系碩班研究組。
正朝著出版、雜誌或其他有文字相伴的未來而努力。

冰心

星子沉睡
無言，唯有沉默交杯
漣漣黑雨
化入西風折皺江水
易逝

易逝，所以星子眨眼
南山峻傲，像我
卻受不了高峰之寒
於是離別的枯黃染花髮絲
我日夜在此
等你

我依舊日夜在此等
你卻行腳東都
收拾問候
彷若真有人相念
請勿……讓滾滾江流滿
溢地傾訴

其實不需傾訴
因那冰清之心早跟隨你
以銘刻的白玉湯壺
替你傳情
幫你招呼

戴世珏

網球場上，射手座，寫詩時，雙魚座。

國立東華大學華文文學系畢業。

曾獲全國高中職網路文學獎散文優選、太平洋詩歌節人氣獎、飲冰室茶集五四為愛徵詩獎佳作。

試著用簡單的文字去述說那些難以表達的情感，用最精煉的筆，去觸及同一時代人的心。

愛

我們決定像空氣一樣
對彼此冷淡
更多時候只是
植物的吐氣
在白天透明而不說話

我們不想成為青山
雨勢會不斷淋濕路
青苔容易跌倒
摔跤會跌進另一個懸崖

我們不想成為海
海枯石爛不適用於消波塊
垃圾不適合成為海洋裡
眼淚流過煙熏妝的證明

夏夜的星星讓時間緩慢
披著黑夜的晚風向你傾訴

一杯熱可可、幾顆太妃糖
寂靜的聲音在耳邊迴響
於是互道一聲晚安

我們決定像空氣一樣
跟信仰一樣空白
更多時候比水還要孤單
成為一種習慣
彼此的名字沒有代名詞
不把會蛀牙的話漫天渲染

成為一種習慣
每天寫一行詩給你
睡前把燈塔打開
遠航的船隻準備靠岸

挖掘夏天的墳墓

最近變得傷感
意識到早晨不再是熱的
秋天證明你的離開
落葉向我襲來
它們黃的哀愁
又冷的美麗
每一片都是你的故事
我試圖捧起他們
卻又有一兩片溜走

多年之後
我再也握不住任何一片
包含你的樣子

剖開心臟，進行考古試掘：
表面長滿雜草
推測你不曾回首過我的荒蕪
下挖第一層，土質堅硬，夾雜著一點點恨你
視為擾亂層，遲到的理由和爭吵出土
下挖第二層，土質開始鬆軟
蚯蚓飽含著愛的呢喃鬆土
視為文化層，彼此的故事不斷浮現
在月光下醞釀
如火塘一般，焚燒彼此的青春
成為大量的碳與火燒土
下挖第三層，土色純淨，表面出現許多小石礫
那時我第一次遇見你，沒有交集
視為礫石層，我們沒有更早的過去

賴俊豪

峽鷗，本名賴俊豪，就讀慈濟大學東方語文學系，凡人。
曾是超商大夜，正回到學校拿回應該拿走的東西。難以和這世界和平相處。

欠妳一封情書

沒有象徵的季節，窗外的綠意和冷雲還不必說再見。

妳從缺乏理解的雨夜離開，帶著妳的掛滿雨珠的睫毛。
我和屋簷一起發呆，對著鏡片靜靜地蒙太奇，然後閉
上眼。

某晚，曾哭得無法自拔的散光眼鏡也不在了。
信紙上只有寫不完的空窗期正歌唱，不堪一擊的愛情已
經不是他們的主流，偶爾當作字裡行間的無聊笑話。
「其餘的都留給YouTube吧。」陌生人作結，又悶悶說
起另一段浮濫的性愛史。

我把回憶屏蔽，留給螢幕一段冥思。
「那麼妳又會回應什麼？」我輕哼著無聊的色情旋律，
突然浮現這首爛歌怎麼上金曲獎的懸問，順便想起幾個
說不出口的陳年老字。

「我們在沒有象徵的年紀相遇……」存檔完，我把信紙
封上，塞進數個霧月十四日後的抽屜裡。躺上冷冷的枕
頭，為夜班的夢神留一盞燈。

至於欠了沒還的東西，等到不用道歉的時候再說吧。

「掰。」

傷心菸民之歌

「我們失去太多，因此把歲月交給天空。」她說。以頹廢的臥姿。

許多時候我不解她的語意，直指心頭又脫離世界。話音會先飄散在空氣裡，接著慢慢下墜。

「這城市已經沒有波西米亞了。在失去愛情的時代，我們再沒有四處流浪的理由了。」她模仿卡繆的側臉，除國籍和香水品牌以外所差無幾。
她總是流離之人。

我親吻乳房她的微塵揚起，飛入肺中。慎重地吸著她僅有的悲傷。我知道往後的日子裡，又更難再看見她了。

「下一次是什麼時候？」我親吻她迷幻的唇，在天亮之前。

搖頭，沉默。她雙眼瞟向明天，沒有再說一句話，菸絲裊裊，溢出凌晨四點的夜紫色天窗。

她就要離開了。
就要離開了。

唯讀信件

●檔案一
我把大海都埋進資料夾裡了。

●檔案二
我在等連結失效
荒廢的城市徒留
404 error時
我才是真正忘記

●檔案四
那一天,鹽鑿入瞳孔
凝結在鼻腔下起雨
雨水的聲音是記憶體
超載時的哭喊
也只能這麼悶了

在這個不容許大聲傷感的時代
沒人敢說出生命是一場孤寂的實驗
沒人敢說出自己是孤寂的受試者

●檔案七
把過時情歌葬在過時A片的墳墓裡

讓過時的網誌溶解在資本家的洋流
城市把過時的靈魂丟在遺忘的視界
而你是我過時的畸零地

●唯讀
等到你全然忘記這一切
我會在凌晨兩點的街角
打開曾經存好的思念
小心翼翼地開啟

在城市全然損毀的風景裡
唯獨信紙唯讀你

唯讀信紙，唯獨你。

陳日瑒

1993年生，台中人，目前就讀東華大學華文文學研究所創作組，長期滯留東岸，而且還沒打算畢業，覺得自己已經變成一座沙漠。

我不要升級win10

睡前想聽的那首歌
現在忘了
像是一次磁碟分割重組
想像它們彼此嵌合
在記憶和感覺的序列之間
竄過指尖的電流
是一閃神就麻痺的那種疼

「我以為你會死」
只是一次把心臟剖開的玩笑話
我以為我沒事我想
當然沒有
時間持續過去就好
開啟一個檔案重組程式
一次常態性系統更新
那些金屬外殼
終將一如往常
光亮如新

東部讀詩會

蕭宇翔

....

國立東華大學華文文學系。

一、他發覺了一些事，現實世界裡沒人來保護。在詩裡，於是他試著去義無反顧。

二、他此生目前為止所欠下的一筆債，粗略估計之下，包含無數條扭曲的眉，和幾抹苦澀的笑。他已計畫遁逃到花東縱谷，但目的不全然是為了逃債。

三、他瘦弱而多病，但比起擔憂是否全然的死去，他正思索著相反的事情。

四、綜合以上三點，或許仍有些許誤會。他並不是一名樂觀積極者，他寫詩，一半怪這世界太糟糕，一半怪他自己太多嘴。

五、他是一個幽默的人。

一邊

　　天秤開始了傾斜
　　所有人認為對的一邊
　　那邊好冷，連凍傷
　　都發炎成某種擴散的感傷
　　結一顆冰晶的淚
　　會被正義的眾人打碎

　　多想退一步到黑暗
　　光來，住進妳的影子裡
　　水來，潛入你的倒影中
　　月來，站在妳的星球上
　　用那些不圓滿的
　　把我的世界照亮

　　我已經太對，擁抱過太多鄉愿
　　所以才會犯錯
　　錯了一連串人生的選擇題

錯失一些美好的錯覺
錯過妳眸中的微光
在無窮的晦暗中，連蚊蚋
都知道要追的微光

年輕的瞳孔因此盛開一朵火花

出航

火來，眼底住進一朵楓紅
意志枯成了灰，停留原地
晨風中，飄散燙金
但那初萌的雛
該有試圖逃亡的權利

在會爬之前，得先學會跑
我們註定死於那些睒睒銀光
只因他們的眼眶是匣
有冰冷的瞳孔填裝

岸邊浪打，最後一名母親小心翼翼
逆風中，超載的船踽踽前行
前方，霧；更前方，無
天上的星星冷冷地看著
地上的人，冷冷地看見
未來的自己——
咽喉的血，塗抹在奶油刀上

電視機前，或報紙一隅
異國人配著微焦吐司，皺眉
麵包屑卡在牙縫裡

岸邊浪打，一艘棺木正堂堂出航
一千萬名母親正在逃亡中逃亡
霍然，同時腰痠
身上最沉重的
卻卸之不去

水來，眼底淹進一波風雨
意志浸泡成泥，腐爛生蛆
對於遠在天邊的事情，我想
是的，每個人都該有
保持緘默的權力

附錄

風球詩社簡介

　　風球詩社是由學生詩人於2008年共同創立的跨校詩社。我們是一群跨校喜愛詩的同學組成的詩社，目前兩百多位社員遍布北中南各大學高中以及研究所，還有初出社會工作的新鮮人。詩社辦有出版社出版詩雜誌、詩集，舉辦每月讀詩會、大學巡迴詩展、高中巡迴詩展、藝文空間展演、高中文藝營……等等，詩社各個單位跟活動都是為了推廣讀詩、推廣寫詩、推廣閱讀。

　　讓台灣變得更美好是風球的夢想願景，創社後即在台灣持續辛勤勞動的進行文學工程，設立短程目標中程目標長程目標，一步一腳印耕耘，以每一期十年來檢驗文學工程構圖打造的成果，文學工程、文化工程都是滴水穿石之功，都是長遠而緩慢的對國家社會家園產生變化與影響，我們第一期十年的文學工程將在2018年抵達第一階段里程碑，誠摯邀請您在這段文學工程詩路上的參與及支持。

2008~2018風球詩社舉辦文學活動紀錄

全國大學巡迴詩展——2009~2018第十九屆全國大學巡迴詩展

全國高中巡迴詩展——2009~2018第十九屆全國高中巡迴詩展

風球讀詩會——2008~2018北部、中部、南部、東部四區讀詩會

2018《風球詩社十週年詩選集——自由時代》新書發表會

2018台中文學館《風球詩社十週年詩選集》詩展暨座談會

2018新竹曙光女中小詩創作營

2018台南IEDTSummer編輯生活節——風球詩展＆風球詩人講座＆文創攤位

2018新北市樹林高中＆北大高中文藝營

2016海上遊艇讀詩會

2016文化淡水城市詩展

2016第二屆台北上海雙城詩展暨座談會

2016【Somebody Café】母親節詩展

2016第二屆新北市光復高中飛閱文藝營

2016新北市樹林高中文藝營

2015台中讀詩節演武場音樂詩歌演出

2015新北市光復高中文藝營

2015第二屆薪飛詩樂節主辦單位舉辦即席寫詩比賽、詩譜曲比賽

2014高雄國際動漫節跨界演出

2014貢寮國際海洋音樂祭樂團演出

2014第一屆薪飛詩樂節暨即席寫詩比賽

2013台北詩歌節──大學詩展校園串連活動

2013台北春天讀書節《詩歌音樂會》演出

2013【Somebody Café】藝文沙龍系列＆小詩展

2012伊甸基金會愛心關懷詩展

2012李吉他校園創作大獎賽協辦

2011台北上海雙城詩展

2011台北國際詩歌節──校園詩展串連活動

2011太平洋國際詩歌節閉幕演出

2010明信片詩展＆台北咖啡館現代詩展

X19全球華文詩獎──2012第八屆X19全球華文詩獎

2011第一屆詩歌遊藝營

2011南海藝廊現場朗詩會

2010國立台灣文學館──大學青春詩展

2009台北詩歌節──系列活動獨立詩世代──新十年詩集展

2009~2011台北牯嶺街創意市集

風球詩雜誌──2009年3月創刊號~2014年八月第11期

語言文學類　PG2170　秀詩人45

風球詩社十週年詩選集
——自由時代

總　　編 / 曾　魂
策　　劃 / 廖亮羽
主　　編 / 蔡維哲、黃宣榕、戴世珏、郭逸軒、曾貴麟
編　　輯 / 陳琳、黃予璿、許瑜珊、蔡孟融、郭宇璇、洪靖翔、林奇瑩
責任編輯 / 林昕平
圖文排版 / 周妤靜
封面設計 / 蔡瑋筠

發 行 人 / 宋政坤
法律顧問 / 毛國樑　律師
出版發行 / 秀威資訊科技股份有限公司
　　　　　114台北市內湖區瑞光路76巷65號1樓
　　　　　電話：+886-2-2796-3638　傳真：+886-2-2796-1377
　　　　　http://www.showwe.com.tw
劃撥帳號 / 19563868　戶名：秀威資訊科技股份有限公司
　　　　　讀者服務信箱：service@showwe.com.tw
展售門市 / 國家書店（松江門市）
　　　　　104台北市中山區松江路209號1樓
　　　　　電話：+886-2-2518-0207　傳真：+886-2-2518-0778
網路訂購 / 秀威網路書店：https://store.showwe.tw
　　　　　國家網路書店：https://www.govbooks.com.tw
感謝贊助 / 新北市立樹林高級中學圖書館、新北市立北大高級中學圖書館、
　　　　　新北市南山中學

2018年12月　BOD一版
定價：270元
版權所有　翻印必究
本書如有缺頁、破損或裝訂錯誤，請寄回更換

國家圖書館出版品預行編目

風球詩社十週年詩選集：自由時代 / 曾魂總編.
廖亮羽策劃 -- 一版. -- 臺北市：秀威資訊科
技, 2018.12
　　面；　公分. -- (語言文學類)(秀詩人 ; 45)
BOD版
ISBN 978-986-326-641-9(平裝)

831.86　　　　　　　　　　　　107020269

讀者回函卡

感謝您購買本書，為提升服務品質，請填妥以下資料，將讀者回函卡直接寄回或傳真本公司，收到您的寶貴意見後，我們會收藏記錄及檢討，謝謝！如您需要了解本公司最新出版書目、購書優惠或企劃活動，歡迎您上網查詢或下載相關資料：http:// www.showwe.com.tw

您購買的書名：_____

出生日期：_____年_____月_____日

學歷：□高中 (含) 以下　　□大專　　□研究所 (含) 以上

職業：□製造業　□金融業　□資訊業　□軍警　□傳播業　□自由業
　　　□服務業　□公務員　□教職　　□學生　□家管　□其它_____

購書地點：□網路書店　□實體書店　□書展　□郵購　□贈閱　□其他

您從何得知本書的消息？

　□網路書店　□實體書店　□網路搜尋　□電子報　□書訊　□雜誌
　□傳播媒體　□親友推薦　□網站推薦　□部落格　□其他_____

您對本書的評價：(請填代號　1.非常滿意　2.滿意　3.尚可　4.再改進)

　封面設計____　版面編排____　內容____　文／譯筆____　價格____

讀完書後您覺得：

　□很有收穫　□有收穫　□收穫不多　□沒收穫

對我們的建議：_____

_____

_____

_____

11466
台北市內湖區瑞光路 76 巷 65 號 1 樓

秀威資訊科技股份有限公司 　收

BOD 數位出版事業部

⋯⋯⋯⋯⋯⋯⋯⋯⋯⋯⋯⋯⋯⋯⋯⋯⋯⋯⋯⋯⋯⋯⋯⋯⋯⋯

（請沿線對折寄回，謝謝！）

姓　　名：＿＿＿＿＿＿＿＿　年齡：＿＿＿＿　性別：□女　□男

郵遞區號：□□□□□

地　　址：＿＿＿＿＿＿＿＿＿＿＿＿＿＿＿＿＿＿＿＿＿＿＿＿＿

聯絡電話：(日)＿＿＿＿＿＿＿＿＿＿＿(夜)＿＿＿＿＿＿＿＿＿＿＿

E-mail：＿＿＿＿＿＿＿＿＿＿＿＿＿＿＿＿＿＿＿＿＿＿＿＿＿＿